Lazos del destino

Linda Howard

Editado por HARLEQUIN IBÉRICA, S.A.
Núñez de Balboa, 56
28001 Madrid

LAZOS DEL DESTINO, Nº 2 - 9.9.08
Publicada originalmente por Silhouette® Books
"Overload" fue publicado originalmente en español en 1994.

I.S.B.N.: 978-84-671-6473-2
Depósito legal: B-31674-2008
Editor responsable: Luis Pugni
Impresión y encuadernación: LIBERDUPLEX
08791 Sant Llorenç d'Hortons (Barcelona)
Fecha impresión Argentina: 8.3.09
Distribuidor exclusivo para España: LOGISTA
Distribuidor para México: CODIPLYRSA
Distribuidores para Argentina: interior, BERTRAN, S.A.C. Vélez Sársfield, 1950. Cap. Fed./ Buenos Aires y Gran Buenos Aires, VACCARO SÁNCHEZ y Cía, S.A.
Distribuidor para Chile: DISTRIBUIDORA ALFA, S.A.

ÍNDICE

AMOR SIN BARRERAS

PRÓLOGO

Sin mirarla, Saxon Malone le dijo:

–Esto no va a funcionar. Puedes ser mi secretaria o mi amante, pero no las dos cosas. Tienes que elegir.

Anna Sharp se detuvo en seco. Sus ágiles dedos se quedaron suspendidos, completamente inmóviles, sobre el montón de papeles que había estado examinando para encontrar el contrato que Saxon le había pedido. Aquella orden le había resultado totalmente inesperada y se sentía como si se le hubiera cortado la respiración. «Tienes que elegir», le había dicho. Saxon siempre decía exactamente lo que pensaba y no se arrepentía de ello.

En un instante de lucidez, vio las consecuencias que acarrearía la elección que realizara. Si elegía ser su secretaria, él jamás se dirigiría a ella de un modo que pudiera considerarse personal. Anna conocía muy bien a Saxon y sabía que tenía una voluntad de hierro y que era capaz de separar sin problemas las diferentes facetas de su vida. Su vida personal jamás se mezclaba con la profesional y viceversa. Si, por el contrario, Anna prefería convertirse en su amante, Saxon esperaría que ella se dejara mantener, al igual que los caballeros de antaño habían hecho tradicionalmente a lo largo de los siglos. A cambio, ella debía estar disponible sexualmente para él, siempre que Saxon tuviera tiempo o deseos de ir a visitarla. Él esperaría de Anna una fidelidad completa, pero no le prometería nada a cambio, ni fidelidad ni futuro.

El sentido común y el respeto por sí misma le pedían que se inclinara por la posición vertical de secretaria en vez de por la horizontal de amante, pero, a pesar de todo, Anna dudaba. Llevaba un año siendo la secretaria de

Saxon y llevaba casi el mismo tiempo enamorada de él. Si elegía su trabajo, él jamás le permitiría que se le acercara más de lo que lo estaba en aquellos momentos. Como amante, al menos tendría la libertad de expresarle su amor a su manera y las horas que pasara entre sus brazos serían un talismán para un futuro sin él, algo que, tarde o temprano, tendría que afrontar.

En cualquier caso, Saxon no era un hombre con el que una mujer pudiera planear su vida. No aceptaba ataduras de ninguna clase.

En voz baja, Anna dijo:

–Y si elijo ser tu amante, entonces... ¿qué pasa?

Saxon levantó por fin los ojos verdes y la atravesó con la mirada.

–En ese caso, contrataré una nueva secretaria –afirmó simplemente–. Y no esperes jamás que te pida matrimonio, porque no lo haré. Bajo ninguna circunstancia.

Anna respiró profundamente. Saxon no se lo podría haber dicho más claro. La irrefrenable atracción física que se había desatado la noche anterior jamás pasaría de eso, al menos para él. Saxon no pensaba permitirlo.

Ella se preguntó cómo Saxon podía permanecer tan impasible tras las horas de tórrido sexo que los dos habían compartido sobre la moqueta que estaban pisando. Si hubiera sido un coito rápido, tal vez podrían haberlo pasado por alto como un hecho puntual sin importancia, pero habían hecho el amor una y otra vez, presas de un prolongado frenesí, por lo que no podían fingir que no hubiera ocurrido.

El despacho de Saxon estaba lleno de recuerdos sexuales. La había poseído sobre el suelo, sobre el sofá, sobre el escritorio que, en aquellos momentos estaba cubierto de contratos y propuestas. Incluso habían hecho el amor en el cuarto de baño privado. Saxon no había sido un amante tierno y cariñoso. Se había mostrado exigente, fiero, casi fuera de control, pero generoso en el sentido de que se había asegurado de que ella se hubiera sentido tan satisfecha como él con cada encuentro. Sólo pensar que jamás volvería a conocer tal grado de pasión volvía loca a Anna.

Tenía veintisiete años y nunca antes había estado enamorada, ni siquiera durante la adolescencia. Si dejaba pasar aquella oportunidad, tal vez no volviera a tener otra y mucho menos con Saxon.

Por lo tanto, en plena posesión de sus facultades, dio el paso que la convertía en la mantenida de Saxon.

–Elijo ser tu amante –dijo, suavemente–. Con una condición.

Los ojos de Saxon reflejaron un apasionado fuego que se enfrió al escuchar las últimas palabras de Anna.

–No hay condiciones –replicó.

–Tiene que haber una –insistió ella–. No soy lo suficientemente ingenua como para pensar que esta relación...

–No es una relación, sino un acuerdo.

–... que este acuerdo va a durar eternamente. Quiero tener la seguridad de que voy a poder mantenerme, poder ganarme la vida, para no encontrarme de repente sin un lugar en el que vivir o los medios necesarios para ganarme la vida.

–Yo te mantendré y, créeme, me aseguraré de que te ganes cada penique que te dé –le dijo mirándola de arriba abajo de un modo que hizo que Anna se sintiera de repente desnuda, acalorada y tensa–. Voy a crear un fondo de acciones para ti, pero no quiero que trabajes. Esto es definitivo e innegociable.

A Anna no le gustaba que él estableciera la relación, porque era una relación al fin y al cabo, sobre unos cimientos tan mercenarios, pero sabía que eran los únicos a los que él accedería. Ella, por su parte, aceptaría todo lo que él le propusiera.

–Muy bien –afirmó, buscando automáticamente las palabras que él pudiera comprender y aceptar, palabras que carecieran por completo de sentimientos–. Trato hecho.

Saxon la observó en silencio durante un largo instante. Su rostro era tan inescrutable como de costumbre. Sólo el fuego que se reflejaba en sus ojos lo delataba. Entonces, se levantó y se dirigió hacia la puerta. La cerró con llave a pesar de que todos los empleados se habían marchado ya y estaban completamente solos. Cuando se volvió para mirarla, Anna pudo ver claramente la excitación sexual que se había apoderado de él y sintió que, como respuesta, su cuerpo se tensaba de anticipación. La respiración se le aceleró al ver que Saxon se le acercaba.

–En ese caso, será mejor que empecemos inmediatamente –susurró tomándola entre sus brazos.

UNO

Dos años más tarde...

Anna oyó que él metía la llave en la puerta y se sentó más erguida en el sofá. De repente, el corazón empezó a latirle con fuerza. Había regresado un día antes de lo que él le había dicho. Jamás la llamaba cuando se marchaba de viaje porque eso se parecería demasiado al hecho de reconocer que había una relación entre ellos. Tal y como él había insistido, dos años después, seguían viviendo en residencias separadas. Él aún tenía que marcharse a su casa todas las mañanas para cambiarse de ropa antes de ir a trabajar.

Anna no echó a correr para arrojarse en sus brazos. Aquello era también algo que hacía que Saxon se sintiera incómodo. Anna ya conocía muy bien al hombre del que estaba enamorada. Él no aceptaba nada que representara cariño, pero Anna no sabía por qué. Saxon se cuidaba mucho de que jamás pareciera que se daba prisa por estar con ella. No tenía un apodo cariñoso para ella y jamás le dedicaba caricias ligeras o casuales. Nunca le susurraba palabras de amor ni siquiera en el punto culminante del coito más apasionado. Lo que Saxon le decía a Anna en la cama eran palabras que expresaban su necesidad y su excitación sexual, siempre pronunciadas con voz ronca y tensa.

Sin embargo, era un amante sensual y generoso. A Anna le encantaba hacer el amor con él, no sólo por la satisfacción que siempre le proporcionaba, sin también porque, bajo el disfraz del deseo físico, Anna podía entregarle todo el afecto que Saxon jamás aceptaba fuera de la cama.

Cuando estaban haciendo el amor, Anna

tenía razones para tocarlo, para besarlo, para abrazarlo y, durante aquellos momentos, él no refrenaba sus propias caricias. Durante las largas noches se mostraba insaciable, no sólo de sexo sino del contacto con Anna. Cada noche, ella dormía entre sus brazos y, si por alguna razón se apartaba de él, Saxon se despertaba para volver a reclamarla contra su cuerpo. Cuando llegaba la mañana, se escondía de nuevo en su solitaria fortaleza. No obstante, durante las noches le pertenecía por completo. A veces Anna presentía que Saxon necesitaba las noches tan desesperadamente como ella y por las mismas razones. Eran los únicos momentos en los que se permitía dar y aceptar el amor de cualquier forma.

Por ello, se obligó a permanecer sentada y mantuvo el libro que estaba leyendo sobre el regazo. No se permitió levantar la cabeza y sonreír hasta que no oyó que la puerta se cerraba y escuchó el golpe de la maleta contra el suelo. Al verlo, el corazón se le desbocó de la alegría, igual que le llevaba pasando desde hacía tres años, pero, al mismo tiempo, experimentó un fuerte dolor en los costados ante la perspectiva de no volverlo a ver. Al menos, tenía una noche más con él, una nueva oportunidad. Entonces, tendría que terminar con todo.

Saxon parecía cansado. Tenía profundas ojeras en el rostro y las arrugas que enmarcaban su hermosa boca parecían más profundas. A pesar de todo, como siempre le ocurría, Anna se quedó atónita al ver lo guapo que era, con su piel cetrina, cabello oscuro y ojos verdes. Saxon jamás había hablado de sus padres y Anna se había preguntado en muchas ocasiones por la combinación de genes que había producido una belleza tan llamativa. Sin embargo, ésta era otra de las cosas por las que no podía preguntar.

Saxon se quitó la americana y la colgó en el ropero. Mientras lo hacía, Anna se dirigió al bar y le sirvió un whisky solo. Saxon aceptó la copa con un gesto de agradecimiento y se lo tomó a sorbitos mientras se aflojaba el nudo de la corbata. Anna dio un paso atrás porque no quería agobiarlo, pero no pudo apartar los ojos del amplio torso. De repente, el cuerpo comenzó a acelerársele de un modo que le resultaba ya muy familiar.

–¿Ha ido bien el viaje? –le preguntó. El tema de los negocios era siempre seguro.

–Sí. Carlucci se ha extralimitado en su capacidad, tal y como tú dijiste.

Terminó la copa con un rápido giro de la muñeca y luego dejó el vaso para colocarle a Anna las manos en la cintura. Ella echó la cabeza hacia atrás con la sorpresa reflejada en los ojos. ¿Qué estaba haciendo? Saxon siempre seguía un patrón muy definido en su comportamiento cuando regresaba de un viaje: se duchaba mientras ella preparaba algo de comer, comían, Saxon se ponía a leer el periódico o charlaban sobre el viaje que él había realizado y, por fin, se metían en la cama. Sólo entonces él se dejaba llevar por su sensualidad y hacían el amor durante horas. Llevaba haciendo lo mismo durante dos años. Entonces, ¿por qué rompía sus propias costumbres abrazándola casi inmediatamente después de entrar por la puerta?

Anna no podía interpretar la expresión que veía en sus ojos verdes. No desvelaban nada, pero tenían un extraño brillo. Le agarró la cintura con fuerza.

–¿Ocurre algo? –le preguntó. Sin querer, su voz se había llenado de ansiedad.

Saxon lanzó una risa muy dura y tensa.

–No, no ocurre nada. Simplemente ha sido un viaje muy duro. Eso es todo.

Sin dejar de hablar, Saxon los estaba conduciendo a ambos hacia el dormitorio. Una vez allí, le dio la vuelta y empezó a desnudarla, demostrando su impaciencia con los tirones que les daba a las prendas que le iba quitando. Ella permaneció de pie dócilmente, sin dejar de mirarlo al rostro. ¿Acaso era su imaginación o se había dibujado de verdad un gesto de alivio en el rostro de Saxon cuando la vio por fin desnuda y pudo estrecharla así contra su cuerpo? La abrazó con fuerza, aplastándola prácticamente contra su cuerpo. Los botones de la camisa se le clavaron a Anna en el pecho y se meneó un poco, dejando que la docilidad diera paso a una creciente excitación.

Le tiró de la camisa.

–¿No crees que estarías mucho mejor sin esto? –susurró–. ¿Y también sin esto? –añadió bajando las manos para empezar a desabrocharle la hebilla del pantalón.

La respiración de Saxon se había acelerado. El calor corporal que desprendía su piel se notaba incluso a través de la ropa. En vez de dar un paso atrás para poder quitarse la ropa, él la abrazó con fuerza y la levantó del suelo para llevarla a la cama. Se dejó caer de espaldas y luego se dio la vuelta para que ella se quedara debajo de su cuerpo. Anna soltó un pequeño gemido cuando notó que él utilizaba uno de sus fuertes muslos para separarle las piernas y luego se acomodaba sobre ella.

–Anna...

La voz con la que pronunció el nombre era más bien un gruñido. Le tomó el rostro entre las manos y apretó la boca contra la de ella mientras bajaba la mano entre los cuerpos de ambos para poder abrirse los pantalones. Saxon estaba preso de un extraño frenesí y ella no sabía por qué. Sin embargo, Anna notaba perfectamente lo desesperadamente que la necesitaba, por lo que se quedó completamente inmóvil para él. Saxon la penetró con un fuerte movimiento que hizo que ella se arqueara sobre la cama. Como no estaba del todo preparada, la penetración resultó dolorosa. No obstante, se aferró con fuerza a él para tratar de darle todo el confort que pudiera a pesar de que no sabía lo que le pasaba.

Sin embargo, cuando se encontró dentro de ella, la desesperación desapareció de los ojos de Saxon. Ella noto cómo, poco a poco, los músculos iban relajándosele. Saxon se hundió en Anna con un relajado gemido de placer y dejó que el peso de su propio cuerpo la aplastara contra la cama. Después de un instante, se incorporó sobre los codos.

–Lo siento mucho –susurró–. No era mi intención hacerte daño.

Anna sonrió dulcemente y le acarició el cabello.

–Lo sé –replicó aplicándole una ligera presión a la cabeza para que la bajara y pudiera besarlo.

El cuerpo se le había acostumbrado ya a él y, aunque la penetración había sido brusca, el dolor había desaparecido, dejando tan sólo el gozo casi incandescente de saber que iba a hacer el amor con Saxon. Anna jamás lo había dicho en voz alta, pero su cuerpo sí. El eco de aquellas palabras silenciosas resonaba con fuerza en su mente. «Te amo». Repitió aquellas dos palabras una y otra vez mientras Saxon empezaba a moverse de nuevo dentro de ella. Sin poder evitarlo, Anna se preguntó si sería por última vez.

Más tarde, cuando Anna se despertó de un ligero sueño, escuchó el sonido de la ducha. Sabía que debía levantarse y comenzar a preparar la cena, pero se sentía atrapada por una extraña inercia. No le importaba en absoluto la comida cuando el resto de su vida dependía de lo que ocurriera entre ellos en aquellos momentos. Sin embargo, ya no podía posponerlo más.

Tal vez aquella noche no sería la última. Tal vez. Algunas veces ocurría un milagro.

A pesar de que esperaba que ocurriera un milagro, estaba perfectamente preparada para afrontar la realidad. Tendría que marcharse de aquel elegante y cómodo apartamento que Saxon le había proporcionado. Su próxima vivienda no tendría todos los colores de las tapicerías y cortinas perfectamente coordinados, pero ¿qué importaba? Las alfombras y cortinas a juego carecían de importancia. Lo que le importaba era Saxon, pero no podría tenerlo. Sólo esperaba que pudiera contenerse para no llorar o suplicar. A él no le gustaría aquella clase de escena.

Estar sin él iba a ser la situación más difícil a la que hubiera tenido que enfrentarse nunca. Lo amaba más que dos años atrás, cuando accedió a ser su amante. Siempre le llegaba al corazón el hecho de que él hiciera algo considerado y luego hiciera todo lo posible para que pareciera un gesto casual que simplemente había ocurrido, un gesto que él no se había tomado ninguna molestia por realizar. Además, estaba la preocupación que él le había demostrado cuando, simplemente, ella se resfriaba o el modo en el que, solapadamente, había ido aumentando el número de acciones a nombre de Anna para que ella se sintiera segura económicamente y el modo en el que siempre alababa todo lo que ella cocinaba.

Anna jamás se había encontrado con nadie que necesitara ser amado más que Saxon ni nadie que rechazara más claramente cualquier señal de cariño.

Su autocontrol rozaba el fanatismo, por lo que a Anna le encantaba cuando, mientras hacían el amor, ese férreo control se hacía pedazos. Sin embargo, nunca antes se había mostrado tan necesitado como aquella noche. Sólo cuando hacían el amor era cuando Anna era capaz de ver al verdadero Saxon, de vislumbrar la pasión que él mantenía oculta todo el tiempo. Adoraba todas las expresiones de su rostro, pero la que más le gustaba era el aspecto que tenía cuando hacían el amor, con el cabello negro empapado de sudor, con los ojos fieros y brillantes, cuando todas sus reservas se evaporaban a medida que sus movimientos se hacían más profundos y rápidos.

Anna no tenía fotografías de él. Tendría que mantener aquellas imágenes vivas en la mente, esperando poder encontrarlas y examinarlas cuando la soledad se hiciera demasiado intensa. Más tarde, podría comparar su amado rostro con otro igual de valioso para ella y buscar similitudes que la reconfortaran y la torturaran a la vez.

Se pasó las manos por el vientre. Éste seguía estando muy plano y no revelaba nada de la criatura que se estaba desarrollando en su interior.

Había tenido muy pocos síntomas de su embarazo, aunque ya casi estaba de cuatro meses. Aquel último periodo había sido el único que no le había venido por completo. El primero después de la concepción había sido muy ligero y el segundo no había pasado de ser una ligera mancha. Precisamente aquellas irregularidades la habían llevado al médico y había sido entonces cuando se había revelado su estado de buena esperanza. No había tenido náuseas por las mañanas. Los senos le habían empezado a doler un poco y se sentía más cansada de lo habitual, pero, aparte de eso, se sentía igual que antes.

La mayor diferencia radicaba en los poderosos sentimientos que sentía hacia aquel bebé, el hijo de Saxon: una delirante alegría al sentir su presencia en su interior, un fuerte sentimiento de protección y de posesión física hacia aquel pequeño ser, unidos a una gran impaciencia por tenerlo entre sus brazos. Junto a todo esto, se sentía abrumada por un sentimiento de pérdida casi intolerable porque le aterraba que, por ganar al hijo, terminara perdiendo al padre.

Saxon le había dejado muy claro desde el

principio que no iba a aceptar ataduras de ninguna clase. Un hijo no era una simple atadura, sino un vínculo prácticamente irrompible. A Saxon le parecería algo intolerable. Sólo el hecho de enterarse de que Anna estaba embarazada sería suficiente para apartarse definitivamente de ella.

Anna había tratado de sentirse enfadada con él, pero no podía. Había entrado en aquella relación con los ojos abiertos. Saxon jamás le había ocultado nada. Jamás le había hecho promesa alguna. De hecho, se había tomado todas las molestias posibles para que a ella le quedara bien claro que él sólo estaba dispuesto a ofrecerle una relación física. No había hecho nada más que lo que le había dicho que iba a hacer. No era culpa de Saxon que el anticonceptivo hubiera fallado, como tampoco lo era que el hecho de perderlo fuera a romperle a Anna el corazón.

La ducha había dejado de sonar. Después de un instante, él entró desnudo en el dormitorio, frotándose el cabello húmedo con una toalla. Al ver que Anna seguía en la cama, frunció ligeramente el ceño. Entonces, se colocó la toalla alrededor del cuello y se sentó en el borde de la cama para deslizar la mano por debajo de la cama y buscar el cálido cuerpo de Anna. Le colocó la mano en el vientre.

–¿Te encuentras bien? –le preguntó, algo preocupado–. ¿Estás segura de que no te he hecho daño?

Ella colocó una mano sobre la de él.

–Estoy bien.

Más que bien, allí tumbada, con la mano descansando sobre el hijo que él le había dado.

Saxon bostezó y movió los hombros para relajarlos. La tensión que había sentido anteriormente había desaparecido por completo y tenía una expresión relajada en el rostro.

–Tengo hambre. ¿Quieres que comamos en casa o que salgamos fuera?

–Comamos aquí, en casa –dijo Anna. No quería pasar su última noche juntos en un concurrido restaurante.

Cuando Saxon trató de levantarse, ella le agarró la mano y se lo impidió. Él la miró sorprendido. Anna respiró profundamente. Sabía que tenía que terminar con aquello lo antes posible, antes de que perdiera el valor.

Sin embargo, las palabras que logró pronunciar no fueron las que había planeado.

–Me estaba preguntando qué harías si yo me quedara embarazada.

De repente, el rostro de Saxon perdió toda expresión y la mirada se le heló en los ojos.

–Te lo dije al principio –dijo, por fin, con voz profunda–. No me casaré contigo bajo ninguna circunstancia, por lo que te pido que no trates de quedarte embarazada para obligarme a ello. Si quieres casarte, yo no soy el hombre adecuado. Tal vez deberíamos disolver nuestro acuerdo.

La tensión había vuelto. Su cuerpo, completamente desnudo, rezumaba anticipación ante la respuesta que ella pudiera darle, pero su rostro no mostraba preocupación alguna. Ya había tomado su decisión y sólo esperaba escuchar lo que Anna fuera a responder. A pesar de que ella sentía una enorme presión en el pecho, tenía que reconocer que la respuesta de Saxon había sido precisamente la que ella había esperado.

Sin embargo, descubrió que no podía decir las palabras que harían que Saxon se vistiera y se marchara. No en aquellos momentos. Lo haría por la mañana. Quería tener aquella última noche juntos, poder estrecharlo entre sus brazos. Quería decirle lo mucho que lo amaba una vez más del único modo en el que él estaba dispuesto a escucharlo.

DOS

A la mañana siguiente, Saxon se despertó muy temprano. Permaneció tumbado en la cama, bañado por la tenue luz del alba, aunque le resultaba imposible dormir por la tensión que le había provocado la pregunta que Anna le había hecho la noche anterior. Durante unos terroríficos instantes, había visto cómo su vida cambiaba por completo a su alrededor hasta que Anna le había sonreído y le había dicho suavemente:

–No. Jamás trataría de obligarte a que te casaras conmigo. Sólo era una pregunta.

Ella seguía durmiendo, con la cabeza apoyada sobre el hombro de Saxon, cubierta por su brazo. Desde el principio, a Saxon le había resultado imposible dormir a menos que Anna estuviera a su lado. Había dormido solo durante toda la vida, pero cuando Anna se convirtió en su amante, había descubierto que volver a dormir solo le resultaba prácticamente imposible.

La situación estaba empeorando. Los viajes de negocios jamás le habían preocupado antes. De hecho, más bien había disfrutado con ellos, pero, en los últimos tiempos, le habían empezado a irritar profundamente. Aquel último viaje había sido el peor.

Los retrasos y los problemas no habían sido nada fuera de lo normal, pero lo que una vez había dado por sentado le molestaba al máximo en aquellos momentos. El retraso de un vuelo podía provocarle una ira irrefrenable. Un plano perdido era suficiente para despedir a alguien. Además, no había podido dormir. Los ruidos del hotel y la cama le habían irritado especialmente, aunque seguramente no se habría dado cuenta de nada si Anna hubiera estado a su lado. Esa reflexión había sido más que suficiente para provocarle sudores fríos por todo el cuerpo, pero, además de eso, había sentido una imperiosa necesidad de regresar a Denver, a Anna. Hasta que no la tuvo debajo de él en la cama y sintió el cálido contacto de su cuerpo, no pudo relajarse.

En cuanto entró por la puerta del apartamento, sintió que el deseo se apoderaba de él. Anna lo miró y sonrió como siempre. Sus ojos oscuros se mostraban tranquilos y serenos, pero provocaron en él una profunda necesidad sexual.

Atravesar aquella puerta había sido como entrar en un santuario. Ella le había servido una copa y se había acercado a él. Cuando Saxon olió el aroma que desprendía la piel de Anna, el mismo que siempre estaba prendido en sus sábanas, la ferocidad de su deseo había sido casi insoportable.

Anna. Saxon había notado su serenidad, su femenino aroma desde que la contrató como secretaria. La había deseado desde aquel mismo instante, pero había decidido controlar sus impulsos sexuales porque ni quería ni necesitaba aquella clase de complicación en su lugar de trabajo. Sin embargo, poco a poco, el deseo se había ido haciendo cada vez más fuerte hasta convertirse en una necesidad insoportable que lo devoraba día y noche. Poco a poco, su autocontrol empezó a flaquear.

Anna era como miel para Saxon y él se moría por saborearla. Tenía una sedosa melena de color castaño claro con reflejos rubios y unos ojos de color chocolate. No era una mujer llamativa, pero resultaba tan agradable mirarla que la gente se volvía constantemente a su paso. Aquellos ojos castaños se mostraban siempre tranquilos, cálidos, amables...

Al final, Saxon no había podido seguir resistiéndose. El frenesí de aquella primera noche aún le sorprendía porque, hasta aquel momento, Saxon no había perdido nunca el control. Sin embargo, con Anna se había dejado llevar, viéndose arrastrado a las profundidades de aquellos cálidos ojos. En ocasiones, le daba la impresión de que jamás había logrado recuperar el control que había perdido aquella noche.

Jamás había permitido que nadie se le

acercara de aquel modo, pero, después de aquella primera noche, no había podido olvidarse de Anna como lo había hecho del resto de las mujeres con las que había estado. Reconocer algo tan sencillo le aterrorizaba. El único modo en el que había podido controlarlo había sido separándola de las otras partes de su vida. Ella podría ser su amante, pero nada más.

No podía permitir que ella le importara. Aún mantenía la guardia para que ella no se acercara demasiado. Si lo hacía, Anna podría destruirlo. Ninguna otra mujer había amenazado sus defensas de aquel modo, por lo que, en ocasiones, sentía deseos de marcharse y de no regresar nunca más, de no volver a verla, pero no podía hacerlo. La necesitaba desesperadamente, pero tenía que esforzarse constantemente para que ella no se diera cuenta.

El acuerdo al que habían llegado le permitía dormir con ella toda las noches y perderse una y otra vez en su cálido y maravilloso cuerpo. En la cama, podía besarla y acariciarla, envolverse en ella. En la cama podía saciarse de su miel, calmar la necesidad que tenía de tocarla, de abrazarla. En la cama, ella se aferraba a Saxon con abandono, haciendo todo lo que él quería y acariciándolo con un descaro y una ternura que lo volvían loco. Cuando estaban juntos en la cama, parecía que ella no podía dejar nunca de tocarlo y, muy a su pesar, Saxon gozaba con ello.

Sin embargo, a pesar de todo lo que habían vivido juntos en aquellos dos últimos años, Saxon conocía muy poco de la vida de ella. Anna no bombardeaba a nadie con detalles de su pasado o de su presente y él no le había preguntado nada porque, al hacerlo, le estaría dando el mismo derecho a ella para preguntarle a él sobre su vida, algo sobre lo que Saxon prácticamente ni pensaba.

Sabía los años que ella tenía, dónde había nacido, dónde había estudiado, su número de la Seguridad Social, sus anteriores trabajos... todos los detalles que aparecían en su currículum. Sabía que era una persona concienzuda, detallista y amante de una vida tranquila. Raramente bebía alcohol y de hecho, últimamente, parecía haberlo dejado del todo. Leía bastantes libros de temas muy variados y Saxon sabía que ella prefería los colores pastel y que no le gustaba la comida picante.

Sin embargo, no sabía si había estado enamorada alguna vez o lo que le había ocurrido a su familia. En su archivo personal, la palabra «ninguno» había aparecido en el apartado en el que se preguntaba por los parientes más cercanos. No sabía por qué se había mudado a Denver o qué esperaba de la vida. Sólo conocía hechos superficiales sobre Anna, hechos que todo el mundo era capaz de ver. De sus recuerdos o esperanzas no sabía nada.

Algunas veces se temía que, precisamente por saber tan poco de ella, Anna pudiera escapársele algún día. ¿Cómo era posible que pudiera predecir lo que ella podría hacer en un futuro cuando no sabía nada de ella? La culpa sólo era suya. Jamás le había preguntado nada ni la había animado a que le contara detalles de su vida. Durante los dos últimos años, Saxon había vivido presa de un terror silencioso, temiendo el día en el que terminaría perdiéndola, pero sintiéndose incapaz al mismo tiempo de hacer nada para evitarlo. No sabía cómo cambiar aquella situación, sobre todo cuando incluso pensar que podía decirle a Anna lo vulnerable que lo hacía sentirse lo ponía físicamente enfermo.

El apetito sexual creció dentro de él al pensar en Anna, al notarla tumbada a su lado. Su masculinidad se irguió como respuesta. Si no podían tener otra forma de contacto, al menos podían dejarse llevar por la abrumadora necesidad sexual que experimentaban el uno por el otro.

Saxon jamás había buscado otra cosa que no fuera sexo en una mujer. Resultaba una ironía que estuviera utilizando el sexo para sentir al menos una cierta cercanía con ella. Los latidos del corazón se le aceleraron cuando empezó a acariciarla, despertándola a la pasión para poder hundirse en ella y olvidarse, durante un rato, de todo menos del increíble placer que sentía al hacer el amor con Anna.

Era uno de esos días soleados en los que la luz es tan brillante que resulta casi cegadora.

Aquel día de abril era perfecto, con aire limpio y cálidas temperaturas. Desgraciadamente, Anna se sentía como si el corazón se le estuviera muriendo por dentro. Le preparó el desayuno y lo tomaron en la terraza, como lo hacían con frecuencia cuando el tiempo era bueno. Ella le sirvió otra taza de café y se sentó enfrente de él. Entonces, rodeó con ambas manos el vaso de zumo de naranja que iba a tomarse para que no le temblaran.

–Saxon –dijo, sin poder mirarlo. Se centró en el vaso de zumo. Sentía náuseas, pero en aquella ocasión eran más síntoma de temor que de su embarazo.

Él había estado poniéndose al día de las noticias locales. Levantó la mirada y la observó por encima del periódico.

–Tengo que marcharme –añadió ella, en voz baja.

El rostro de Saxon palideció y, durante un largo instante, se sentó como si se hubiera convertido en una estatua de piedra. Ni siquiera parpadeaba. Una ligera brisa sacudió el periódico, moviendo las páginas muy lentamente. El momento había llegado y él no sabía si podría soportarlo. Miró a Anna, que seguía con la cabeza bajada, y supo que tenía que hablar. Al menos en aquella ocasión, quería saber la razón.

–¿Por qué? –preguntó con voz ronca.

Anna hizo un gesto de dolor al notar la tensión que había en la voz de Saxon.

–Ha ocurrido algo. Yo no lo he planeado. Simplemente... simplemente ha ocurrido.

Saxon pensó que se refería a que se había enamorado de otro hombre y trató de contener la respiración para aliviar el nudo de agonía que sentía en el pecho. Había confiado plenamente en ella. Jamás se le había pasado por la cabeza que ella pudiera estar viéndose con otro hombre durante sus ausencias. Evidentemente, se había equivocado.

–¿Me vas a dejar por otro hombre?

Anna levantó bruscamente la cabeza y lo miró, asombrada por aquella pregunta. Saxon le devolvió la mirada con unos ojos más verdes y más fieros de lo que los había visto nunca.

–No –susurró ella–. Eso nunca.

–Entonces, ¿de qué se trata? –preguntó él

levantándose y controlando a duras penas su ira.

Anna respiró profundamente.

–Estoy embarazada.

Durante un instante, la expresión del rostro de Saxon no cambió. A continuación, se endureció y adquirió un gesto impenetrable.

–¿Qué has dicho?

–Que estoy embarazada. De casi cuatro meses. El bebé nacerá a finales de septiembre.

Saxon le dio la espalda y se dirigió hacia la pared de la terraza para observar la ciudad. La línea de sus hombros era muy rígida y expresaba muy bien la ira que sentía.

–Dios mío... Jamás pensé que harías algo así –dijo, apenas controlando la voz–. Tendría que haberme imaginado que se trataba de esto después de la pregunta que me hiciste anoche. El matrimonio sería mucho más rentable que una demanda de paternidad, ¿verdad? Sin embargo, estás dispuesta a sacar beneficio sea como sea.

Anna se levantó de la mesa y entró en el apartamento. Saxon seguía al lado de la pared, con los puños apretados mientras trataba de controlar la ira y el duro sentimiento de traición que estaba experimentando en aquellos momentos. Sin embargo, se sentía demasiado tenso para permanecer allí mucho tiempo. La siguió decidido a encontrar la profundidad de su propia estupidez aunque sabía que eso sólo acrecentaría el dolor. Aunque la verdad terminara destrozándolo, tenía que conocerla. Siempre se había creído invulnerable, pero Anna le había enseñado el punto débil de su armadura emocional. No obstante, cuando consiguiera superarlo, sería verdaderamente intocable.

Anna se había sentado tranquilamente en su escritorio y estaba escribiendo una hoja de papel. Saxon había esperado que ella estuviera haciendo las maletas, cualquier cosa menos lo que estaba haciendo.

–¿Qué haces?

Ella se estremeció al escuchar la voz de Saxon, pero no dejó de escribir. Tenía un aspecto pálido y cansado. Saxon esperó que ella sintiera tan sólo una fracción de lo que él estaba pasando en aquellos momentos.

–Te he preguntado qué estás haciendo.

Anna firmó el papel y, tras ponerle la fecha, se lo entregó a Saxon.

–Aquí tienes –le dijo. Evidentemente, estaba realizando un enorme esfuerzo por mantener la voz tranquila–. Ahora no tendrás que preocuparte por una demanda de paternidad.

Saxon tomó el papel y lo examinó rápidamente. Después volvió a leerlo con más atención y creciente incredulidad.

La nota era breve y concisa.

Juro, por mi propia voluntad, que Saxon Malone no es el padre del hijo que estoy esperando. Por lo tanto, no tiene responsabilidad legal alguna ni conmigo ni con mi hijo.

Entonces, Anna se puso de pie y se dirigió hacia la habitación.

–Recogeré todas mis cosas y me marcharé esta misma noche.

Saxon observó el papel que tenía en la mano. Se sentía casi mareado por los sentimientos encontrados que estaba experimentando. No se podía creer lo que había hecho Anna ni con la despreocupación que lo había realizado. Con unas pocas palabras escritas sobre una hoja de papel había impedido que él tuviera que pagarle una buena suma de dinero. Dios sabía que Saxon habría pagado lo que fuera, incluso hasta llegar a la bancarrota, para asegurarse de que a ese niño no le faltara de nada, no como...

Empezó a temblar y el rostro se le llenó de sudor. La ira se apoderó de él. Agarró con fuerza el papel y siguió a Anna al dormitorio. Al entrar, vio que ella ya estaba sacando las maletas del vestidor.

–¡Eso es una maldita mentira! –exclamó arrugando y tirando el papel al suelo.

Anna se estremeció, pero permaneció tranquila. Sin embargo, en silencio, se preguntó cuánto tiempo más podría aguantar antes de desmoronarse y comenzar a llorar.

–Por supuesto que es una mentira –consiguió decir mientras iba colocando las maletas encima de la cama.

–Ese niño es mío.

Ella lo miró extrañada.

–¿Acaso has tenido alguna duda de ello? Yo no he admitido que te haya sido infiel...

Simplemente estaba tratando de tranquilizarte.

–¿De tranquilizarme? –gritó él, levantándole la voz por primera vez en los tres años que hacía que la conocía–. ¿Cómo diablos voy a estar tranquilo sabiendo que mi hijo... que mi hijo...? –se interrumpió. Le estaba resultando imposible terminar la frase.

Anna empezó a vaciar los cajones y a colocar cada prenda cuidadosamente en la maleta.

–¿Saber que tu hijo qué?

–¿Vas a tenerlo?

Anna se tensó. Entonces, lentamente, se irguió para observar a Saxon.

–¿Qué quieres decir con eso?

–Que si has pensado en el aborto.

–¿Por qué me preguntas eso?

–Es una cuestión razonable.

Anna comprendió que Saxon no entendía nada. No consideraría la idea del aborto si supiera lo que ella sentía.

Todo el amor que Anna había expresado en aquellas largas horas parecía haber pasado completamente desapercibido para Saxon. Tal vez había aceptado la pasión en ella como luna muestra de la habilidad de una mantenida, completamente entregada a tener contento a su amante.

Decidió no decir nada de esto. Se limitó a mirarlo antes de responder.

–No, no voy a abortar –dijo, antes de centrarse una vez más en su equipaje.

–¿Entonces qué? –quiso saber Saxon–. Si vas a tenerlo, ¿qué vas a hacer con él?

Anna lo escuchó con creciente incredulidad. ¿Acaso se había vuelto loca o era él el que había perdido el juicio? ¿Qué le parecía a Saxon que iba a hacer él con el bebé? Se le ocurrieron varias respuestas, algunas evidentes y otras no tanto. ¿Acaso esperaba él que le enumerara las numerosas tareas que había que realizar con un bebé o le estaba preguntando qué planes tenía? Dada la exactitud con la que Saxon se expresaba habitualmente al hablar, Anna se sentía más asombrada por no haber comprendido a qué se refería él exactamente.

–¿Qué es lo que quieres decir con eso? Supongo que lo que hacen habitualmente las madres.

El rostro de Saxon adquirió una tonalidad grisácea y empezó a cubrírsele de sudor.

–Ese niño es mío –le espetó. Entonces, se acercó a ella y la agarró por los hombros–. Voy a hacer lo que sea necesario para evitar que lo tires por ahí como si fuera basura.

TRES

Anna sintió un escalofrío de horror por la espalda y, momentáneamente, se quedó sin habla. Lo único que podía hacer era soportar la fuerza con la que Saxon le apretaba los hombros. Lo observaba con incredulidad, sin poder apartar la vista de él. Trató varias veces de hablar y, cuando por fin lo consiguió, su voz no era más que un ronco susurro.

–¿Tirarlo, dices? ¡Dios santo! ¡Estás enfermo! ¿Cómo si no ibas a ser capaz de decir algo como eso?

Saxon estaba temblando. Anna se percató

de ello al mirarle las manos. Aquella reacción alivió en parte a Anna dado que, de repente, se dio cuenta de que él también estaba muy disgustado. El instinto la guió y la empujó a colocarle las manos a Saxon sobre el pecho.

–Yo jamás haría nada que pudiera dañar a tu hijo –le dijo–. Nunca.

Los temblores que lo atenazaban se intensificaron. Los ojos verdes de Saxon brillaban con una extraña emoción que ella no podía interpretar. Entonces, con mucho cuidado, él le soltó los hombros y dejó que las manos le cayeran a ambos lados de los costados.

–No tienes que marcharte de aquí –comentó, como si fuera eso de lo que habían estado hablando–. Es un buen apartamento. Podrías hacerte cargo del alquiler...

Anna se dio la vuelta bruscamente para ocultar el profundo dolor que le habían causado aquellas palabras porque, durante un instante, había creído que él se refería a que las cosas no tenían por qué cambiar. No era así. Saxon seguía teniendo la intención de dar por terminada su relación.

–No... Simplemente, no... –susurró.

–¿No qué? –la desafió él–. ¿Que no trate de facilitarte un poco las cosas?

–No me pidas que me quede aquí sin ti –respondió–. Tú eres la razón de que yo esté en este apartamento. Sin ti, no tengo razón alguna para quedarme –confesó, girándose de nuevo para mirarlo. Entonces, levantó la cabeza y lo miró a los ojos. Cuando habló, lo hizo con voz clara y firme–. Te amo. Si no hubiera sido así, jamás me habría venido aquí contigo.

Un gesto de asombro recorrió el rostro de Saxon y lo hizo palidecer aún más. Movió los labios, pero no emitió sonido alguno.

–Pensaba marcharme porque pensaba que eso sería lo que tú querrías –añadió, sin vacilar–. Desde el principio, me has dejado muy claro que no quieres ataduras, por lo que no esperaba nada más. Aunque tú quisieras proseguir con nuestro... acuerdo, yo no creo que sea posible. No puedo ser madre y seguir siendo tu amante incondicional. Los bebés tienen sus propias prioridades. Por lo tanto, bajo las presentes circunstancias, es mejor que me marche, pero eso no significa que yo vaya a dejar de amarte.

Saxon sacudió la cabeza, bien por incredulidad o por negación. Entonces, fue a sentarse en la cama y, desde allí, miró sin ver las maletas abiertas.

Anna no pudo evitar sentirse preocupada. La reacción que había esperado era de ira o de frialdad, pero Saxon parecía estar verdaderamente sorprendido, como si algo terrible terminara de suceder. Anna se acercó hasta la cama para sentarse a su lado y lo observó como si estuviera tratando de interpretar todos y cada uno de los matices de la expresión de su rostro. Saxon resultaba difícil de comprender cuando estaba relajado. En aquellos momentos, su rostro era como de mármol.

–Jamás me imaginé que te comportarías de este modo –dijo ella–. Creía... creía que simplemente no te importaría.

Él levantó la cabeza y le dedicó una mirada tan cortante como el filo de una espada.

–¿Acaso pensaste que yo simplemente te dejaría marchar y que no volvería a pensar nunca más en ti o en el bebé? –la acusó con dureza.

Anna no se arredró.

–Sí, eso fue exactamente lo que pensé.

¿Qué otra cosa podía esperar? Jamás me habías indicado que yo fuera algo más que un instrumento para dar escape a tus impulsos sexuales.

Saxon sintió un profundo dolor en el corazón. Tuvo que apartar la mirada. Anna creía que sólo era un instrumento, cuando él medía su vida por el tiempo que pasaba al lado de ella. Debía admitir que jamás se lo había confesado, por lo que, en parte, ella tenía razón. Saxon se había tomado todas las molestias posibles para evitar que ella se enterara de nada. ¿Era ésa la razón de que estuviera perdiéndola? Se sentía como si lo hubieran hecho pedazos, pero el dolor resultaba demasiado insoportable para saber qué era lo que más le dolía, si saber que estaba perdiendo a Anna o que había engendrado un hijo que también iba a perder para siempre.

–¿Tienes algún sitio al que ir? –murmuró.

Anna suspiró suavemente. Con aquel gesto, se le escapó el último hálito de su esperanza.

–No, en realidad, no, pero no importa. He estado mirando por ahí, pero no me he querido comprometer con nadie hasta que hubiera hablado contigo. Me marcharé a un hotel. No creo que tarde mucho tiempo en encontrar otro apartamento y, además, tú te has asegurado de que yo no tenga problemas económicos. Muchas gracias. Y gracias también por mi hijo.

Anna consiguió esbozar una débil sonrisa, pero, como Saxon había dejado de mirarla, no la vio. Se inclinó hacia delante y apoyó los codos sobre las rodillas. El cansancio se reflejaba claramente en su rostro.

–No tienes por qué marcharte a un hotel –musitó–. Puedes seguir aquí hasta que encuentres otro sitio. No hay razón para mudarse dos veces. Además, tenemos muchos asuntos legales de los que ocuparnos.

–No, no tenemos nada de lo que ocuparnos –replicó ella–. Nada. Tú te has asegurado de proporcionarme seguridad económica, por lo que tengo medios más que suficientes para ocuparme de mi hijo. Te aseguro que no voy a intentar sangrarte.

–¿Y si yo deseo ocuparme de ese niño? También es hijo mío. ¿O acaso habías pensado no enseñármelo nunca?

Anna estaba francamente asombrada.

–¿Quieres decir que te gustaría conocerlo?

Aquello era algo que jamás había esperado. Lo único que había esperado era un frío y definitivo final de su relación.

La sorpresa volvió a reflejarse en el rostro de Saxon, como si acabara de darse cuenta de lo que acababa de decir. Tragó saliva y se levantó. Entonces, comenzó a caminar de arriba abajo por la habitación, como si fuera un animal enjaulado. Al verlo así, Anna sintió pena de él.

–Olvídate de lo que he dicho...

En vez de tranquilizarlo, estas palabras parecieron irritar a Saxon aún más. Se mesó el cabello con las manos y entonces, se dirigió directamente hacia la puerta.

–No puedo... Tengo que pensar en todo eso... Quédate el tiempo que necesites.

Se marchó antes de que ella pudiera impedírselo, antes de que se diera cuenta que él se iba a marchar. La puerta se cerró de un portazo. Sin levantarse de la cama, Anna observó la estancia vacía y recordó la mirada perdida que había visto en los ojos de Saxon. Admitió que estaba mucho más afectado de lo que jamás hubiera pensado en un principio, pero no sabía por qué. Saxon se había cuidado tanto de no hablarle de su pasado que no sabía absolutamente nada de su infancia, ni siquiera quiénes eran sus padres. Si tenía familia, Anna lo desconocía. No obstante, no era de extrañar. Él seguía teniendo su propio apartamento y todo su correo iba allí. Tampoco creía que, en el caso de tener parientes, les hubiera hablado de ella y les hubiera dado su dirección por si no lo localizaban en su casa.

Miró a su alrededor y observó el apartamento al que había considerado su casa durante los últimos dos años. No sabía si podía quedarse allí mientras buscaba otro sitio donde vivir, a pesar de la generosa oferta que Saxon le había hecho. Le había dicho la pura verdad cuando le confesó que no podría vivir allí sin él. El apartamento estaba impregnado de su presencia, de recuerdos que tardarían mucho tiempo en borrarse. Su hijo había sido concebido en la misma cama sobre la que estaba sentada. Sonrió. Tal vez no. Saxon jamás había sentido la necesidad de limitar sus relaciones íntimas a la cama. Suponía que era igual de posible que hubiera ocurrido en la ducha, en el sofá o incluso sobre la encimera de la cocina, sobre la que habían hecho el amor una fría tarde. Saxon llegó mientras ella estaba preparando la cena y no sintió deseos de esperar a llevarla al dormitorio.

Los días de pasión desbordada habían terminado, tal y como había imaginado. Y aunque Saxon no hubiera reaccionado tal y como ella había imaginado, el resultado era el mismo.

Saxon echó a andar. Lo hacía automáticamente, sin preocuparse de adónde se dirigía. Aún se sentía aturdido por los golpes a los que Anna le había sometido y le resultaba imposible ordenar sus pensamientos o controlar sus sentimientos. Llevaba tanto tiempo controlando todos los aspectos de su vida, cerrándole la puerta a acontecimientos ocurridos años atrás, que había creído que el monstruo estaba domado, que el horror y las pesadillas habían muerto para siempre. Desgraciadamente, lo único que había hecho falta para destruir aquella frágil y engañosa paz había sido saber que Anna estaba embarazada y que tenía intención de dejarlo.

Sentía deseos de levantar los puños al cielo y maldecir al destino por hacerle pasar por algo así. Se habría arrodillado sobre la acera para aullar como un animal enloquecido si hubiera sabido que esto ayudaría a aliviar sólo una pequeña parte de la agonía que le atenazaba el pecho. Sabía que no sería así. Sólo podría encontrar alivio en un sitio: en los brazos de Anna.

Ni siquiera podía empezar a pensar en el futuro. No lo tenía. Ni siquiera podía empezar a pensar en los días interminables que lo esperaban. No podía enfrentarse ni siquiera a uno solo, cuando menos a una eterna sucesión de días. ¿Un día sin Anna? ¿Por qué molestarse siquiera?

Jamás podría decirle lo mucho que ella significaba para él. Casi no podía tolerar admitirlo ante sí mismo. El amor, en su experiencia, era sólo una invitación a la traición y al rechazo. Si se permitía amar, se convertía en un ser vulnerable a la destrucción de la mente y del alma. Nadie lo había amado nunca. Era una lección que había aprendido desde que tenía uso de razón y la había aprendido muy bien. Su propia supervivencia se había basado en la dura coraza de la indiferencia con la que se había protegido hasta entonces, formando capa tras capa de una armadura impenetrable.

¿Cuándo dejó de ser protección para convertirse en prisión? ¿Acaso añora la tortuga alguna vez librarse de su caparazón para poder correr desnuda y libre? Probablemente no, pero él no tenía tanta suerte. Anna le había dicho que lo amaba y, aunque no fuera cierto, al decírselo le había dado la oportunidad de permanecer a su lado un poco más. No se había atrevido a hacerlo porque aquello habría significado librase al menos de unas cuantas capas de su coraza. Esa posibilidad lo llenaba de un terror que se basaba en su más tierna infancia y que se había fortalecido a lo largo de muchos años de abusos.

Cuando llegó frente a la puerta de su apartamento, la miró perplejo, sin saber muy bien dónde estaba. Al darse cuenta por fin de que estaba frente a su propia casa, se sacó las llaves y abrió.

El apartamento estaba silencioso y vacío, sin nadie que le diera una dulce bienvenida. Anna jamás había estado allí y se notaba.

Casi no podía soportar estar allí. Era una casa oscura y vacía, como una tumba y se sentía incapaz de llevarle luz alguna. La única que había conocido nunca era la que Anna le proporcionaba y la había compartido con ella durante un espacio de tiempo muy breve, para luego apartarla de su lado por su irrefrenable lujuria. Jamás había podido mantener las manos apartadas de ella. Le había hecho el amor con más frecuencia de lo que jamás hubiera creído posible. Su masculinidad despertaba una y otra vez ante la dulce perspectiva de hundirse en ella y fundir su cuerpo con el de Anna. La había dejado embarazada y, por ello, la había perdido.

¿Qué iba a hacer sin ella? No podría funcionar. No podría interesarse por sus malditos contratos o por si el trabajo se realizaba o no. Siempre había realizado su trabajo sabiendo que ella lo estaba esperando. Aunque su trabajo lo apartara de Anna, sabía que éste lo ayudaba a cuidar de ella y a asegurarse de que jamás le faltara de nada. Cada vez que había aumentado el paquete de acciones que había preparado para ella, había sentido una profunda satisfacción. Tal vez había creído que sus diligentes esfuerzos en ese sentido lo ayudaran a mantener a Anna a su lado y que le demostraran a ella que estaba mejor con Saxon que con ningún otro hombre o sola.

No podía ni siquiera pensar que ella pudiera haberse quedado con él sólo porque le estaba proporcionando seguridad económica. Si llegara a pensar eso de Anna, no le quedaría nada por lo que mereciera la pena vivir. No. Siempre había sabido que a ella le disgustaba aquella parte de su acuerdo.

No había habido razón alguna para que ella permaneciera a su lado a menos que... a menos que, efectivamente, lo amara.

Por primera vez se dejó pensar en lo que ella le había dicho. En su momento, no había querido hacerlo, pero en aquellos instantes las palabras no dejaban de darle vueltas por su subconsciente, como si fueran frágiles pájaros que temían echar a volar.

Anna lo amaba.

Permaneció sentado en el silencioso apartamento durante el resto del día y de la noche, demasiado ensimismado como para sentir la necesidad de luz o de ruido. Se sentía como si estuviera basando su esperanza en la más débil de las posibilidades, como si estuviera tratando de conseguir un imposible, pero le resultaba imposible hacer otra cosa.

Si era cierto que Anna lo amaba, no podía dejarla escapar de aquella manera.

CUATRO

Anna pasó una noche muy mala. No pudo dormir. Aunque no había esperado dormir de un tirón, tampoco había supuesto que permanecería despierta durante horas, mirando el techo de la habitación, y sintió un dolor casi físico por el vacío que tenía a su lado. Saxon había pasado muchas noches alejado de ella debido a sus numerosos viajes de negocios, pero Anna siempre había conseguido dormir. Aquello era, sin embargo, muy diferente. Se trataba de un vacío físico y del alma. Había sabido que la situación resultaría muy difícil, pero no se había imaginado que le produciría tanto dolor. A pesar de sus esfuerzos, había estado llorando hasta que la cabeza le empezó a doler e incluso entonces había sido incapaz de parar.

Había sido el puro agotamiento lo que había terminado por fin con las lágrimas, pero no el dolor. Seguía a su lado, incansable, a lo largo de las interminables y oscuras horas.

Si aquello era lo que le deparaba el destino, no sabía si iba a poder soportarlo aunque tuviera a su hijo con ella. Había creído que aquel bebé, aquel increíble tesoro, le serviría de cierto consuelo para suplir la ausencia de Saxon. Aunque podría ser que fuera así en el futuro, en aquellos momentos no le servía de nada. No podía tener a su hijo en brazos en aquellos instantes. Tardaría cinco largos meses en poder hacerlo.

Se levantó al amanecer sin haber dormido absolutamente nada y preparó café descafeinado. Aquel día más que nunca necesitaba sentir el empuje de la cafeína, pero su embarazo se lo prohibía. Mientras el café se preparó, se sentó en la cocina envuelta en una gruesa bata.

La lluvia caía incesantemente y golpeaba los cristales de las ventanas. El día anterior había sido muy bueno, pero el alocado tiempo de abril se había transformado para convertir aquella jornada en fría y lluviosa. Si Saxon hubiera estado allí, se habrían pasado la mañana en la cama, acurrucados entre las cálidas sábanas y explorando perezosamente los límites del placer.

Anna tragó saliva y entonces inclinó la cabeza hacia la mesa. La pena volvía a hacerse insoportable. A pesar de que tenía los ojos doloridos de tanto llorar, parecía que aún le quedaban lágrimas.

No oyó que la puerta se abría, pero el sonido de los pasos sobre el suelo le hizo levantar la cabeza y secarse rápidamente los ojos con el reverso de la mano. Saxon estaba frente a ella, con el rostro triste y sombrío de puro cansancio. Aún llevaba puestas las mismas ropas que el día anterior, aunque se había puesto una cazadora como protección contra la lluvia. Evidentemente, había estado andando por la calle, porque tenía empapado el cabello y el rostro.

–No llores –le dijo en un tono de voz duro y poco natural.

Se sentía avergonzada de que él la hubiera

sorprendido llorando. Siempre se había esforzado mucho por ocultar sus emociones ante Saxon, sabiendo que éstas lo hacían sentirse incómodo. También sabía que no tenía muy buen aspecto. Tenía los ojos hinchados y húmedos, con el cabello aún revuelto por una noche de insomnio y envuelta de la cabeza a los pies en una gruesa bata. Una amante debería estar bien peinada y vestida. Ese pensamiento estuvo a punto de provocarle de nuevo las lágrimas.

Sin apartar la mirada de ella, Saxon se quitó la cazadora y la colgó sobre el respaldo de una silla.

–No sabía si te habías quedado aquí –dijo, con la voz llena de tensión–. Esperaba que lo hubieras hecho, pero...

De repente, se acercó a ella con increíble velocidad y la tomó en brazos para llevarla al dormitorio.

Después de un pequeño grito de sorpresa, Anna se aferró a él. Todo había ocurrido como la primera vez, como si la pasión se hubiera estado acumulando tras la presa de su autocontrol y, por fin, la presa hubiera terminado por romperse. La había tomado en brazos para colocarla sobre el suelo del despacho con un único movimiento y, entonces, se le había tumbado encima antes de que la sorpresa de Anna pudiera dar paso a la felicidad. Ella lo había agarrado con fuerza, dejándose llevar por un deseo que igualaba al de él. Habían pasado horas antes de que los dos pudieran separarse uno del otro.

Anna sentía la misma fiereza en aquellos momentos, cuando Saxon la colocó en la cama y se inclinó sobre ella para desabrocharle la bata. Bajo ésta, Anna llevaba un fino camisón de seda, pero, evidentemente, hasta una prenda tan delicada era demasiado. En silencio, ella levantó la mirada y observó el rostro de Saxon. Vio cómo él la liberaba de la bata y luego le sacaba el camisón por la cabeza. Al sentirse desnuda delante de él, sintió que la respiración se le aceleraba y que los pechos se le erguían ante la mirada de Saxon, que resultaba tan excitante como cualquiera de sus caricias. Una cálida y agradable sensación comenzó a formársele en el vientre y a extendérsele por todo el cuerpo.

Saxon le separó las piernas y se le arrodilló entre ellas. Visualmente, se dio un festín de lo que tenía ante los ojos. Entonces, comenzó a desabrocharse el cinturón y la bragueta. A continuación, se bajó los pantalones lo justo para liberarse. Entonces, miró a Anna a los ojos.

–Si no deseas que esto ocurra, dilo ahora.

Ella no podía negarle a él y a sí misma lo que ambos tanto deseaban. Levantó los brazos a modo de invitación y Saxon se inclinó sobre ella, aceptándola, hundiéndose en ella y en sus brazos con un único movimiento. Lanzó un gruñido no sólo ante el increíble placer que experimentó sino también al notar que el dolor cesaba en su cuerpo.

Anna se movió debajo de él, gozando con el intenso placer sexual que le proporcionaba. El contacto de las ropas húmedas y frías de Saxon contra la piel la hacía sentirse más desnuda que nunca. El único punto de contacto entre las pieles desnudas de ambos estaba entre las piernas de Anna, lo que la hacía sentirse aún más excitada y más consciente de la potente masculinidad de Saxon. No tardó mucho en alcanzar el clímax y se lamentó por ello porque le habría gustado que las sensaciones que estaba experimentando duraran para siempre.

Saxon se detuvo sin salir de ella. Le agarró el rostro entre las manos y se lo llenó de besos.

–No llores –murmuró. Hasta aquel momento Anna no se había dado cuenta de que los ojos se le habían llenado de lágrimas–. No llores. No tiene por qué terminar ahora.

Saxon echó mano del conocimiento y de las habilidades puestas a prueba durante dos años de intimidad y encontró perfectamente el ritmo que logró despertar de nuevo el deseo en Anna. Se tomaron su tiempo, porque ninguno de los dos quería que el placer terminara nunca y el contacto que se produjo entre los cuerpos les procuró una satisfacción muy diferente. Ninguno de los dos quería que aquello terminara nunca, porque, mientras estuvieran así, no tendrían que volver a enfrentarse con el espectro de la separación.

De repente, las ropas de Saxon pasaron de ser un placer muy sensual para convertirse en una barrera intolerable. Anna le desgarró los botones de la camisa, desesperada por encontrar el contacto de la piel de Saxon contra la suya. Él se levantó lo suficiente para despojarse de la prenda y tirarla al suelo. Entonces, volvió a apretarse contra ella, haciendo que Anna gimiera de placer al sentir el duro vello contra los pezones.

Saxon le cubrió los senos con ambas manos y los apretó. A continuación, bajó la cabeza para besarle los pezones. Notó que estaban un poco más oscuros y que los pechos estaban algo hinchados, señales inequívocas del bebé que estaba creciendo en el vientre de Anna. Sin poder evitarlo, se echó a temblar de excitación ante aquella perspectiva, al darse cuenta de que el mismo acto que estaba realizando en aquellos instantes había tenido como resultado una pequeña vida.

Tuvo que apretar los dientes para no alcanzar el clímax en aquel mismo instante. Su hijo... Aquel pequeño ser era suyo, formaba parte de él y compartía sus mismos genes. Sangre de su sangre, carne de su carne, mezclados inseparablemente con los de Anna, un ser vivo que era parte de los dos. Sintió una oleada de posesión física que jamás había conocido antes, que jamás se había imaginado siquiera que pudiera existir. ¡Su hijo!

Y su mujer. La dulce Anna, la de la suave y

cálida piel, la de los plácidos y cálidos ojos oscuros.

Llevaba negando demasiado tiempo la cima del placer como para poder seguir posponiéndola. La escalaron juntos, dejando que los envolviera, primero a ella y luego a él, temblando ambos de una manera que resultaba casi imposible de soportar. Gozaron juntos presos de un paroxismo de placer, gritando de puro gozo y dejándose llevar por las maravillosas sensaciones posteriores.

Permanecieron unidos. Ninguno de los dos deseaba ser el primero que se moviera y que rompiera el vínculo que se había establecido entre ambos. Anna deslizó los dedos entre el húmedo cabello de Saxon. Le encantaba sentir el cráneo bajo las yemas.

–¿Por qué has regresado? –susurró–. Ya fue bastante duro ver cómo te marchabas la primera vez. ¿Por qué tienes que volver a hacerme pasar por ello?

Sintió que Saxon se tensaba sobre su cuerpo. Antes, jamás le había confesado sus sentimientos. Se había limitado a sonreír y a dejarse llevar por su papel de perfecta amante. Jamás le había pedido nada. Sin embargo, había perdido su escudo de protección al declararle su amor y no había vuelta atrás. No iba a negar que estaba enamorada de él.

Saxon se tumbó de costado, agarrándola por la cintura y arrastrándola consigo. Ella se movió automáticamente, levantando la pierna y colocándola por encima de él para estar más cómoda. Saxon se acercó un poco más para mantener aquella ligera penetración y los dos lanzaron suaves suspiros de alivio.

–¿Tienes que marcharte? –le preguntó por fin–. ¿Por qué no puedes quedarte?

–Sin ti no podría soportarlo...

–¿Y si... y si yo me quedara también? –sugirió él, con un gran esfuerzo–. ¿Y si siguiéramos como antes?

Anna levantó la cabeza para mirarlo. Era consciente de lo mucho que le había costado realizar aquella oferta. Saxon siempre se había cuidado mucho de no mostrar sus sentimientos en forma alguna, pero, en aquellos momentos, estaba ofreciéndose a ella, pidiendo unos vínculos que jamás habían existido entre ellos. Saxon necesitaba ser amado más que ningún otro hombre que ella hubiera conocido jamás, pero Anna no sabía si él sería capaz de tolerarlo. El amor suponía responsabilidades, obligaciones. No era gratis, requería un alto precio que se pagaba en la forma del compromiso.

–¿Podrías hacerlo? –le preguntó, con la tristeza reflejada en los ojos y en el tono de su voz–. No dudo que lo intentarías, pero ¿podrías quedarte? No hay vuelta atrás. Las cosas han cambiado y jamás volverán a ser las mismas.

–Lo sé –respondió él. La mirada que había en sus ojos le hizo mucho daño a Anna. En ellos había visto que Saxon no estaba seguro de poder salir airoso de aquel trance.

Nunca antes había husmeado en su pasado, igual que jamás le había dicho que lo amaba, pero su pequeño mundo se había revolucionado con tremenda rapidez y se había puesto patas arriba. A veces, para ganar, había que perder primero.

–¿Por qué me preguntaste si yo podría deshacerme de nuestro hijo?

La pregunta se interpuso entre ambos como si fuera una espada. Anna sintió que él se encogía y que las pupilas se le contraían de la sorpresa. Saxon podría haberse apartado de ella en aquel mismo instante, pero Anna lo enganchó con fuerza con la pierna y lo agarró con fuerza por el hombro. Saxon podría haberse soltado si hubiera querido, pero no podía perder el contacto con ella. Anna lo envolvía en una ternura que ninguna fuerza era capaz de contener.

Cerró los ojos instintivamente para apartar los recuerdos, pero éstos no se marcharon. No podían hacerlo si no respondía a la pregunta de Anna. Nunca antes había hablado de aquel tema con nadie ni deseaba hacerlo. La herida era demasiado profunda y demasiado dolorosa. Llevaba toda su vida cargando con aquel peso y había hecho todo lo que había podido para sobrevivir. Había encerrado aquella parte de su vida, por lo que responder a Anna era como desgarrarse por dentro. Sin embargo, ella se merecía la verdad.

–Mi madre se deshizo de mí –dijo por fin.

De repente, fue como si la garganta se le cerrara y le impidiera pronunciar una palabra más. Sacudió la cabeza y cerró los ojos, por lo que no vio el gesto de profundo terror que se dibujó en el rostro de Anna. Los ojos de ella se llenaron de lágrimas, pero no se atrevió a desmoronarse y a ponerse a llorar para no interrumpir aquella confesión. En vez de eso, comenzó a acariciarle suavemente el torso, consolándole táctilmente en vez de con palabras. Presentía que las palabras no serían adecuadas y sabía que, aunque tratara de hablar, perdería la batalla con las lágrimas.

No obstante, cuando el silencio duraba ya algunos minutos, Anna comprendió que él no iba a seguir hablando, que tal vez no podía seguir sin que ella lo animara. Tragó saliva y se esforzó por recuperar la compostura. Por fin consiguió hablar con una voz que, aunque no fuera del todo normal, estaba plena del amor que sentía por él.

–¿Cómo se deshizo de ti? ¿Te abandonó, te dio en adopción...? ¿Qué?

–Ninguna de las dos cosas.

Saxon se apartó de ella en aquel momento y se tumbó sobre la espalda. A continuación, se cubrió los ojos con el brazo. Anna sufrió con él, pero decidió que era mucho mejor darle la distancia que necesitaba.

–Me tiró a la basura cuando nací. No me dejó sobre los escalones de una iglesia o en un orfanato para que pudiera inventarme pequeñas historias de que mi madre realmente me quería, pero que se había puesto muy enferma o algo así y que había tenido que renunciar a mí para que pudieran cuidarme. El resto de los niños podían inventarse historias de ese tipo y creérselas, pero mi madre se aseguró de que yo nunca fuera un estúpido. Me arrojó a un cubo de basura cuando yo contaba con sólo unas pocas horas de vida. Realmente no se puede confundir un acto como ése con amor maternal.

Anna se acurrucó a su lado y se tapó la boca con la mano para ahogar los sollozos que la atenazaban. Entonces, lo miró al rostro. Saxon había hablado por fin y, aunque ella había querido saberlo todo sobre su pasado, sintió deseos de colocarle la mano sobre la boca para silenciarlo. Nadie debería haber crecido conociendo unos detalles tan sórdidos.

–No trató simplemente de librarse de mí –añadió él, con voz que no expresaba emoción alguna–. Trató de matarme. Me arrojó en pleno invierno y ni siquiera se molestó en envolverme con nada. No sé exactamente cuándo es mi cumpleaños, si el tres o el cuatro de enero, porque me encontraron a las tres y media de la mañana. Yo podría haber nacido o a última hora del día tres o ya en el día cuatro. De todos modos, estuve a punto de morir de congelación y me pasé casi un año en un hospital con un problema tras de otro. Cuando me metieron en un orfanato, ya había visto tantos desconocidos que no quería tener nada que ver con nadie. Supongo que por eso no me adoptaron. La gente quiere bebés, recién nacidos aún envueltos en mantillas, no un niño delgado y enfermo que empieza a chillar si alguien trata de tocarlo.

Saxon tragó saliva y se apartó el brazo de los ojos. Entonces, empezó a mirar el techo.

–No tengo ni idea de quiénes son mis padres. A mi madre no lograron encontrarla nunca. Me pusieron el nombre de la ciudad y del condado en el que me encontraron, Saxon City, condado de Malone. Menudo orgullo. Después de unos años, me entregaron a una serie de familias de acogida, la mayoría de las cuales no eran muy buenas. No hacían más que darme patadas como si fuera un perro callejero.

»Los servicios sociales tenían tal desesperación por encontrarme un hogar que me dejaron con una familia en particular, a pesar de que yo estaba siempre cubierto de hematomas cuando venía a verme la asistenta social. Hasta que el hombre me rompió un par de costillas de una patada no decidieron sacarme de allí. Creo que entonces tenía unos diez años. Al final, terminaron por encontrarme una familia de acogida bastante buena. Se trataba de una pareja cuyo hijo había muerto. No sé por qué... Tal vez pensaron que yo sería capaz de ocupar el lugar de su hijo, pero no salió bien ni para ellos ni para mí. Eran muy amables, pero cada vez que me miraban yo notaba que ellos pensaban que yo no era su Kenny. Sin embargo, era un lugar en el que poder vivir, que era lo único que quería ya por aquel entonces. Cuando terminé mis estudios, me marché de allí sin mirar atrás.

CINCO

Lo que Saxon acababa de contarle explicaba perfectamente la clase de hombre en la que él se había convertido y en por qué le resultaba tan difícil aceptar cualquier sentimiento parecido al cariño y al amor. Si algo había aprendido en los primeros dieciocho años de su vida era que no podía depender de lo que el resto de la gente llamaba «amor» dado que era algo que nunca había conocido. No podía engañarse inventando historias sobre el amor de su madre, dado que los actos de ésta reflejaban claramente no sólo que el niño no le había importado nada, sino que había tratado de asesinarlo deliberadamente. Jamás había recibido afecto alguno de los empleados de las diferentes instituciones en las que había estado. Como los niños aprenden muy deprisa, cuando por fin lo dejaron en un orfanato ya sabía perfectamente que no podía confiar en que nadie se ocupara de él. Por lo tanto, se había refugiado en sí mismo. Se había dado cuenta de que no podía confiar en nadie más que en sí mismo para todo.

Al ir pasando de una familia de acogida a otra, esta creencia se había ido reforzando poco a poco a lo largo de su infancia. Por una razón u otra, no había encajado en ninguno de aquellos hogares. ¿Cómo es posible que un niño así aprenda a ser amado y a amar? De ninguna manera.

Cuando Anna pensaba en lo que Saxon había logrado hacer de su vida, sentía una profunda admiración por la inmensa fuerza de voluntad que él había demostrado. Se había tenido que esforzar mucho para conseguir ir a la universidad, para lograr sacarse no sólo un título en ingeniería si no también para conseguir terminar la carrera como uno de los primeros de su clase. Este hecho le procuró una amplia selección de empleos al terminar y de ahí, pasó a fundar su propia empresa.

Después de aquella desgarradora confesión, ninguno de los dos había podido pronunciar palabra. Se levantaron y empezaron a realizar las rutinas de un día corriente, aunque aquél distaba mucho de serlo. Las últimas veinticuatro horas les habían pasado factura a ambos y los había obligado a retirarse a un largo periodo de silencio, que se veía roto tan sólo por asuntos domésticos como qué era lo que iban a comer.

Sin embargo, Saxon estaba allí. No mostraba indicación alguna de marcharse. Anna se tomó este detalle como una pequeña señal de esperanza y decidió no seguir recogiendo sus cosas. En aquellos momentos, lo único que necesitaba era la presencia de Saxon.

A última hora de aquel lluvioso día, él le preguntó:

–Jamás respondiste a mi pregunta de esta mañana. ¿Podemos seguir como antes?

Ella lo miró y vio que el estrés aún era evidente en el rostro de Saxon. Sin embargo, parecía haber asimilado muy bien todo lo ocurrido aquel día. Anna, por el contrario, no estaba tan segura de su propia reacción. A pesar de todo, prefería soportar ella toda la tensión que correr el riesgo de molestarlo a él en un momento que podría ser suficiente para alejarlo de nuevo de su lado y, aquella vez, definitivamente.

Se sentó frente a él y trató de ordenar sus pensamientos.

–Por mí misma –dijo por fin–, nada me gustaría más. Perderte estuvo a punto de costarme la vida y no estoy segura de que pudiera volver a soportarlo. Sin embargo, no puedo pensar sólo en mí. No podemos pensar sólo en nuestro acuerdo. ¿Y el niño? Al principio, no le importará nada más que su mamá y su papá, pero, asumiendo que permanezcamos juntos durante años, ¿qué ocurrirá cuando empiece el colegio y descubra que las mamás y los papás de otros niños están casados? Estamos en Denver, no en Hollywood y, aunque nadie pone mala cara porque una pareja viva junta sin casarse, las circunstancias cambian cuando se ve implicado un niño.

–¿Y en qué cambia la situación si tú te marchas de aquí? –preguntó Saxon mirandose las manos–. Los padres de ese niño seguirán sin estar casados, pero tú tendrás que intentar criarlo tú sola. ¿Crees que eso es mejor para ese niño? Yo no sé qué clase de padre podría ser yo, pero creo que sería mejor que nada.

Los labios de Anna empezaron a temblar. Los mordió con fuerza para que se detuvieran. Dios santo, ¿estaba haciendo que Saxon le suplicara verse incluido en la vida de su propio hijo? Jamás había tenido esa intención, especialmente tras saber lo que él le había contado aquella mañana.

–Creo que serías un padre maravilloso –dijo–. Jamás tuve la intención de impedirte que vieras a tu propio hijo. De lo único de lo que no estoy segura es del acuerdo mediante el que hemos estado viviendo hasta ahora.

–Yo sí. Te deseo... y tú... tú me deseas a mí –replicó. Aún no podía decir que Anna lo amaba–. En estos momentos no tenemos por qué hacer nada. Como tú has dicho, pasarán años antes de que nuestro hijo sea lo suficientemente mayor para poder compararnos con otros padres. Aún tienes que pasar el resto de lo que te queda de embarazo y Dios sabe que yo no podré dormir por las noches si no sé que te encuentras bien. Al menos, quédate aquí hasta que nazca el niño. Yo puedo ocuparme de ti, acompañarte a las clases de preparación al parto y estar contigo durante el alumbramiento...

–Nada me gustaría más –replicó ella, con voz ronca. Entonces, vio cómo el alivio se reflejaba en los ojos de Saxon antes de que él pudiera ocultarlo.

–En ese caso, traeré mis cosas mañana.

Anna sólo pudo parpadear de la sorpresa. Había esperado que él decidiera volver a lo de siempre, durmiendo con ella todas las noches pero regresando a su apartamento por las mañanas para cambiarse de ropa antes de ir a trabajar. El hecho de pensar que las ropas de Saxon pudieran colgar al lado de las de ella en el vestidor la hacía sentirse emocionada y un poco alarmada a la vez. Este último sentimiento era ridículo, dado que no había nada que hubiera deseado más que llevar una vida completa al lado de Saxon. Sin embargo, las cosas estaban cambiando tan rápidamente y su vida ya estaba bastante patas arriba con el embarazo. Cada día iba perdiendo un poco más el control de su cuerpo a medida que el bebé crecía en su interior y le pedía más. Aunque los síntomas de su embarazo habían sido muy escasos, los cambios se iban haciendo poco a poco más evidentes.

Llevaba todo el día luchando contra uno de esos cambios y, de repente, todo se hizo demasiado. Los ojos se le llenaron de lágrimas y, al mirarlo, se le derramaron por las mejillas. Inmediatamente, Saxon acudió a su lado y la abrazó cariñosamente.

–¿Qué te pasa? –le preguntó–. ¿No quieres que me venga a vivir contigo? Creía que te gustaría porque así podría cuidarte mejor.

–No se trata de eso –sollozó ella–. Bueno, sí que lo es. ¡Claro que me gustaría! Siempre he querido que te vengas a vivir conmigo o que me pidieras a mí que me fuera a vivir a tu casa. Pero no lo has hecho por mí, sino por el bebé.

Saxon la miró y, con los pulgares, le secó las lágrimas. Tenía el ceño fruncido.

–Por supuesto que lo hago por ti –dijo–.

Al bebé no lo conozco. Diablos, ¡pero si aún no he visto evidencia alguna de que exista! No quiero que estés sola más de lo necesario. ¿Has ido ya al médico?

Anna sorbió por la nariz y se limpió los ojos.

–Sí. De hecho no me había dado cuenta de que estaba embarazada hasta que fui a ver al médico. Fui porque mi último periodo fue simplemente una mancha y el anterior muy ligero. Casi no he tenido síntomas.

–¿Eso es normal?

–Eso parece. El médico me dijo que todo está bien y que algunas mujeres manchan un poco durante los primeros meses y que otras no, al igual que algunas tienen náuseas por las mañanas y otras no. De lo que sí me he dado cuenta es de que me canso mucho y que tengo mucho sueño y de que tengo muchas ganas de llorar.

Saxon pareció aliviado.

–¿Quieres decir que estás llorando por el bebé?

–No, estoy llorando por ti...

–Pues no lo hagas –dijo Saxon, estrechándola entre los brazos y dándole un beso en la frente–. No me gusta que llores.

Saxon no podía saber lo agradable que le resultaba a Anna que la abrazara y mimara de aquella manera, lo mucho que lo había añorado. Ella tampoco había recibido mucho amor a lo largo de su vida aunque jamás había sufrido las brutalidades a las que Saxon se había visto expuesto. Su sueño más deseado había sido tener un hogar con él, un hogar como el de todo el mundo, con la dulce seguridad de la rutina y de saber que él iba a volver a casa todos los días. En sus sueños, él siempre la había abrazado y le había dicho lo mucho que la quería, mientras que en la realidad, Saxon se había limitado a ofrecerle intimidad física y un desierto emocional.

Aquel cambio tan repentino se parecía tanto a un sueño hecho realidad que ella temía terminar creyéndoselo. A pesar de todo, no iba a hacer nada que pudiera darlo por terminado prematuramente. Mientras Saxon permaneciera a su lado, estaba dispuesta a saborear todos y cada uno de los momentos.

Tal y como había prometido, Saxon se mudó al día siguiente. Él no le dijo nada, pero un par de llamadas, una de una persona interesada en alquilar su otro apartamento y otra de una empresa que deseaba comprobar que aquélla era la dirección a la que se debían enviar las facturas, le confirmaron que había decidido dejar su otra residencia. Eso más que nada le indicó que Saxon se había tomado muy en serio lo de mantener su relación.

Lo observó atentamente para ver si se encontraba nervioso porque su relación hubiera cambiado en aspectos muy importantes, como se trataba el hecho de que ya no tuvieran apartamentos separados. Anna también le había confesado que estaba enamorada de él y esas palabras no podían olvidarse ni borrarse. La reacción que Saxon había tenido ante la breve separación de ambos le indicaba más que nada lo que sentía por ella. Aunque llevaban dos años de relación, aquella cercanía física era nueva para él y Anna se había dado cuenta de que, a veces, Saxon no sabía muy bien cómo actuar. Era casi como si estuviera en un país extranjero en el que no hablaba el idioma y en el que estuviera tratando de avanzar a tientas, incapaz de entender lo que le decían las señales de tráfico.

Cada vez sentía más curiosidad por el niño e insistió en acompañarla a la siguiente visita que ella tenía con el médico y que se iba a producir tan sólo unos días después. Al enterarse de que, cuando el embarazo estuviera más avanzado, una ecografía podría revelar el sexo del bebé, quiso saber inmediatamente cuándo podrían realizar esa prueba y el margen de error que tenían los médicos. Dado que era la primera vez que él se interesaba por el sexo del bebé, Anna se preguntó si deseaba tener un hijo en vez de una hija. Saxon no había indicado preferencia alguna dado que siempre se habían referido a su hijo como «el bebé», en de vez como «el niño» o «la niña».

¿Qué efecto tendría un hijo sobre él? Seguramente se vería más reflejado en un niño y, en cierto modo, tendría la oportunidad de corregir el horror de su propia infancia asegurándose de que su propio hijo jamás conociera sentimiento alguno aparte del amor incondicional. En su imaginación, Anna lo vio enseñando pacientemente a un niñito cómo sostener un bate o darle una patada a un balón. Seguramente, insistirían en acudir a una amplia variedad de juegos de pelota y Saxon observaría muy orgulloso a su hijo cuando fuera éste el que jugara.

A pesar de lo que le dictaba su sentido común, Anna no podía dejar de imaginarse un futuro con Saxon. Ya había ocurrido un milagro: él no había desaparecido cuando se enteró de su embarazo. No dejaría de esperar que aquel milagro no fuera el único.

Aquella noche, cuando estaban tumbados en la cama, apoyó la cabeza sobre el torso de Saxon y escuchó los fuertes latidos de su corazón. Se colocó la mano sobre el vientre y pensó que su bebé estaba escuchando su propio corazón de aquella misma manera y que lo encontraría tan tranquilizador como el de Saxon la relajaba a ella. Era un sonido maravilloso.

–Pareces estar muy interesado en la ecografía –le dijo.

–Mmm...

–¿Tienes ganas de saber si es niño o niña?

–Sí, me gustaría saberlo –respondió él. Estaba inquieto–. ¿Y a ti? ¿Te gustaría que fuera una niña?

–En realidad, no –contestó ella, con un bostezo. Estaba muy cansada–. Sólo quiero que venga bien. Me da igual que sea niño o niña, aunque vendría bien saberlo con tiempo para que podamos elegir el nombre y poder decorarle la habitación sin tener que recurrir a los tonos verdes o amarillos.

–Una habitación... No había pensado en eso. Lo único que me puedo imaginar es una personita envuelta en una toquilla. Se quedará donde lo dejemos y no ocupará mucho sitio. ¿Por qué necesita alguien tan pequeño una habitación para él solo?

Anna sonrió.

–Porque, si no, el apartamento entero estará lleno de toda la parafernalia necesaria para cuidar de un bebé. Además, ¿dónde habías creído que iba a dormir?

La pregunta sorprendió a Saxon. Entonces, se echó a reír. La extrañeza de aquel sonido resonó alegremente en los oídos de Anna.

–Supongo que con nosotros. Sobre el brazo que no estuvieras utilizando. De hecho, yo diría que podría dormir sobre mi pecho, pero según tengo entendido no están adiestrados.

Anna se echó a reír y Saxon volvió a soltar una carcajada. Se sentía mucho más feliz de lo que recordaba haber sido en toda su vida. Se acurrucó un poco más contra él.

–Me imagino que te gustaría que fuera niño. Llevo imaginándote todo el día enseñándole a jugar al béisbol.

Saxon se tensó.

–No especialmente –dijo–. En realidad, preferiría que fuera niña.

Anna se sintió tan sorprendida que no supo qué decir, en especial porque no sabía qué parte de la frase que ella había pronunciado era lo que le había molestado. Saxon no dijo nada durante un buen rato y Anna comenzó a quedarse dormida. Sin embargo, el sopor desapareció por completo cuando oyó que él decía en voz muy baja:

–Tal vez si es una niña la querrás más.

SEIS

–¿Y tu familia? –le preguntó Saxon a Anna a la mañana siguiente con mucha cautela, como si tuviera miedo de meterse donde no lo llamaban.

En su experiencia, la familia era algo que tenía el resto de la gente y, por lo que había visto en las familias de acogida en las que había vivido, no resultaba algo muy deseable. Sin embargo, quería saber más cosas sobre Anna, quería descubrir todo lo que pudiera sobre ella por si acaso algún día regresaba a casa y descubría que ella se había marchado.

–¿Les has dicho que estás embarazada o que estás conmigo? –añadió.

–No tengo familia –respondió ella mientras se echaba un poco de leche sobre los cereales.

–¿Que no tienes familia? ¿Acaso eres huérfana?

Saxon había visto muchos huérfanos, niños tristes y aterrorizados que habían perdido todo su mundo y que no sabían qué hacer. Tal vez su propia situación, por muy precaria que hubiera sido, era preferible a la de ellos. Al menos, él no había perdido a alguien a quien hubiera amado. Su madre no había muerto. Se había limitado a tirarlo a la basura. Probablemente tanto ella como su padre seguían con vida en alguna parte, aunque dudaba sinceramente que estuvieran juntos. Seguramente él había sido el resultado de una relación efímera. Con toda seguridad de la aventura de una noche.

–Sí, pero yo jamás estuve en un orfanato. Mi madre murió cuando yo tenía nueve años y mi padre dijo que no podía cuidarme, por lo que me envió a vivir con su hermanastra. A decir verdad, simplemente no quería tener la responsabilidad de una hija. Por lo que me dijo mi tía, siempre había sido un hombre muy irresponsable. Jamás tuvo un trabajo durante mucho tiempo y se gastaba el dinero en bares y en perseguir a otras mujeres. Murió en un accidente de coche cuando yo tenía catorce años.

–¿Y tu tía? –preguntó, al recordar que ella no había hecho constar el nombre de ningún familiar en su ficha–. ¿Sigues en contacto con ella?

–No. Murió un año antes de que yo empezara a trabajar para ti, pero dudo que hubiera ido a verla. No nos llevábamos muy bien. Yo sólo era para ella una boca más a la que alimentar y ella jamás se llevó muy bien con mi padre. Además, como no tenía dinero de sobra, siempre se ocupaba primero de sus propios hijos.

La ira se apoderó de Saxon. Se imaginó una niña pequeña, de enormes ojos castaños, apartada del resto, tal y como él siempre había estado, sin formar nunca parte de la unidad familiar. Eso había sido para él lo mejor de su infancia, pero le dolía que Anna se hubiera visto sujeta también a ese tratamiento.

–¿Y tus primos? ¿No los ves nunca ni tienes noticias de ellos?

–No. Jamás nos llevamos bien. No teníamos mucho en común. De todos modos, se marcharon a vivir a diferentes partes del país y ni siquiera sé dónde están. Supongo que, si quisiera, podría encontrarlos, pero no creo que haya razón alguna para hacerlo.

Saxon jamás se había imaginado a Anna sola en el mundo o teniendo una infancia común a la de él. Le sorprendió que ella se hubiera visto tan privada de cariño. Ella no había sufrido abusos físicos y tal vez por eso aún era capaz de expresar amor. Desde que tenía uso de razón, Saxon había aprendido a no esperar ni ofrecer nada de sí mismo porque eso lo dejaría expuesto al sufrimiento. Se alegraba de que Anna no hubiera conocido una vida así.

A pesar de todo, no debía de haberle resultado fácil decirle que estaba enamorada de él. ¿Se habría visto preparada mentalmente para el rechazo? Porque eso había sido precisamente lo que él había hecho. Se había dejado llevar por el pánico y le había arrojado sus palabras de amor a la cara. A la mañana siguiente, había sentido miedo de que ella no pudiera soportar su presencia después del modo en el que había salido huyendo. Sin embargo, no había sido así. Gracias a Dios, no sólo lo amaba a él sino que parecía amar a su hijo.

–¿Y la familia de acogida con la que tú estuviste tanto tiempo? –le preguntó ella–. ¿Los llamas alguna vez o vas a visitarlos?

–No. No los he visto desde el día después de mi fiesta de graduación en el instituto, cuando hice las maletas y me marché, pero ellos no esperaban que yo mantuviera el contacto. Les dije adiós y les di las gracias. Supongo que con eso fue más que suficiente.

–¿Cómo se llamaban?

–Emmeline y Harold Bradley. Eran buenas personas. Se esforzaron mucho, en especial Harold, pero no podían convertirme en su hijo. Siempre estaba allí, en sus ojos. Yo no era Kenny. Emmeline siempre parecía lamentar el hecho de que su hijo hubiera muerto y que yo siguiera vivo. Ninguno de los dos me tocaba si podía evitarlo. Se ocupaban de mí, me proporcionaban un lugar en el que alojarme, ropa, comida, pero no había afecto alguno. Se sintieron muy aliviados cuando me marché.

–¿No sientes curiosidad por saber si siguen con vida o si se han mudado?

–No hay razón para ello. Estoy seguro de que no se alegrarían de volver a verme.

–¿Dónde vivían?

–A unos ciento veinte kilómetros de aquí, en Fort Morgan.

–¡Está tan cerca! Mis primos vivían en Maryland, por lo que resulta más razonable que yo no haya mantenido el contacto con ellos.

Saxon se encogió de hombros.

–Cuando fui a la universidad, me marché del estado, por lo que no me venía muy bien venir de visita. Tuve dos empleos para pagarme mis estudios, lo que no me dejaba mucho tiempo libre.

–Sin embargo, regresaste a Colorado y te instalaste en Denver.

–Hay más demanda de ingenieros en una gran ciudad.

–Hay muchas otras grandes ciudades en este país. Estás muy cerca de ellos, pero jamás los has llamado para decirles cómo te va la vida o que has regresado al estado.

–No, no lo he hecho –dijo Saxon, empezando a enfadarse–, ni tengo intención de hacerlo, Anna. Por el amor de Dios, hace quince años que terminé mis estudios en la universidad. Estoy seguro que no han estado esperando que yo regresara todo este tiempo. Sabían que no iba a hacerlo.

Anna decidió dejar el tema, pero no lo olvidó. Harold y Emmeline Bradley. Se aprendió los nombres de memoria. A pesar de lo que Saxon pensara, se habían pasado muchos años cuidándolo y seguramente les interesaba más de lo que él creía saber lo que había sido de su hijo adoptivo.

Saxon se marchó a trabajar en silencio y regresó aquella tarde del mismo humor. Anna lo dejó en paz, pero su silencio le aterrorizaba. ¿Le habrían molestado tanto sus preguntas que habría empezado a considerar terminar su relación con ella? Sin embargo, él había sido quien había empezado la conversación preguntándole por su familia. En los pocos días que habían pasado desde que lc confesó que estaba embarazada, se había acostumbrado a verlo como un ser más cercano, más suyo, pero, de repente, se había dado cuenta de que la barrera que lo había protegido desde un principio aún lo rodeaba. Tal vez Anna había conseguido tirar algunos trozos, pero distaba mucho de haberlo derribado.

A Saxon no le había gustado hablar de su familia de acogida, pero le había hecho empezar a pensar. A menos que Anna y él tomaran medidas para evitarlo, su hijo tampoco tendría una familia muy grande. Dadas las circunstancias, no se los imaginaba a ambos teniendo más hijos, pero, para su sorpresa, le gustaba la idea. Quería que fueran una familia, no sólo una pareja que iba a tener un hijo.

No tenía fantasías agradables sobre su madre, pero, a menudo, se había preguntado cómo habría sido tener una familia de verdad, pertenecer a un hogar y tener alguien que lo amara. Bajo el cruel peso de la realidad, la fantasía no había durado mucho, pero aún recordaba cómo la había imaginado. El centro de la misma y su base era una permanente sensación de seguridad que lo mantenía todo unido. No había podido imaginarse a sus padres, sino tan sólo a figuras parecidas a sombras que se interponían entre el peligro y él. No quería que su hijo tuviera esa clase de fantasías. Quería que tuviera la realidad de un hogar estable.

Menos de una semana antes, la idea de lo que en aquellos momentos estaba considerando le habría provocado un ataque de pánico, pero, desde entonces, había aprendido que había cosas mucho peores. Perder a Anna era mucho peor. Esperaba no tener que pasar un día ni una noche como el que había pasado porque no creía que pudiera soportarlo. En comparación, lo que estaba pensando en aquellos momentos era un juego de niños.

Pensarlo era una cosa, pero ponerlo en práctica otra muy distinta. Observó a Anna con ojos preocupados, aunque sabía que era inútil tratar de predecir su respuesta. No estaba seguro de cómo reaccionaría. Si de verdad lo amaba, no debería tener dudas, pero no tenía por qué ser así. Ella era capaz de sacrificar su propia felicidad, asumiendo que él pudiera hacerla feliz, por lo que consideraba mejor para su hijo.

Resultaba muy extraño el impacto que aquel

bebé había tenido en sus vidas, pero Saxon no se lamentaba por ello. Le daba miedo. Tenía la sensación de estar viviendo al filo del abismo, donde un paso en falso podría hacerlo caer, pero, al mismo tiempo, la creciente franqueza y la intimidad que compartía con Anna compensaban las preocupaciones. Estaba seguro de que ya no podría regresar a la soledad que había dado por sentada y que incluso había anhelado en el pasado.

Sin embargo, aquella decisión lo ponía muy nervioso. Al final, le resultó imposible decir las palabras que supondrían ofrecerse a sí mismo, afirmar sus sentimientos y descubrir su vulnerabilidad. En vez de esto, lo camufló todo como si se tratara de una sugerencia.

–Creo que deberíamos casarnos.

Nada de lo que pudiera haber dicho habría sorprendido más a Anna. Ella sintió que las piernas se le doblaban y tuvo que sentarse.

–¿Casarnos? –repitió, con una mezcla de incredulidad y de sorpresa.

–Sí, casarnos. Tiene sentido. Ya estamos viviendo juntos y vamos a tener un hijo. El matrimonio parece el siguiente paso.

Anna sacudió la cabeza, no para negarlo sino en un intento inútil de aclararse la cabeza. De algún modo, jamás se había imaginado que, cuando alguien le propusiera matrimonio, lo etiquetara como «el siguiente paso». De hecho, no había esperado que Saxon le propusiera matrimonio, aunque lo había deseado. Sin embargo, quería que él deseara casarse con él por varias razones, porque la amaba y no podía vivir sin ella. Sospechaba que ése era precisamente el caso, pero no podía estar del todo segura si Saxon no se lo confesaba.

No era una decisión fácil, por lo que se tomó su tiempo en contestar. El rostro de Saxon permaneció impasible mientras esperaba una respuesta, pero sus ojos revelaban la ansiedad que sentía. Evidentemente, lo que Anna pudiera responder le importaba mucho. Quería que ella aceptara. La pregunta era si Anna estaba dispuesta a casarse con él a ciegas, sin saber exactamente qué era lo que él sentía. Una mujer cautelosa no querría tomar una decisión precipitada que no sólo les afectaría a los dos, sino también a su hijo. Un matrimonio roto afectaría irremediablemente a las tres partes.

Había dado un salto de fe al dejar su trabajo para convertirse en la amante de Saxon y no se arrepentía de ello. Aquellos dos años habían sido los mejores de su vida. El embarazo lo había cambiado todo y ya no podía pensar en sí misma. Tenía que tener en cuenta también a su hijo. Lo que era lógico no era necesariamente la mejor elección, aunque su corazón le pedía desesperadamente que aceptara.

–Ya sabes que te amo –dijo, mirándolo a los ojos.

–Lo sé –respondió él. Lo que en el pasado lo habría hecho caer en un ataque de pánico le resultó muy agradable y lo atesoró como el regalo más valioso que había recibido en toda su vida.

–Deseo aceptar más que nada en el mundo, pero tengo miedo de hacerlo. Sé que fue idea tuya que los dos permaneciéramos juntos y has sido maravilloso hasta ahora, pero no estoy segura de que sigas sintiendo lo mismo cuando haya nacido el niño. No quiero que te sientas atrapado.

–No existe modo alguno de predecir el futuro –replicó él, sacudiendo la cabeza–. Sé que te preocupa la reacción que yo pueda tener y, a decir verdad, yo también tengo un poco de miedo, pero también me siento muy emocionado. Quiero tener ese hijo y quiero estar contigo. Casémonos y hagamos que todo esto sea oficial. Ese niño podría llevar el apellido Malone. Sería la segunda generación de una familia muy nueva.

Anna respiró profundamente y se negó lo que más deseaba.

–No puedo darte una respuesta en estos momentos –susurró. Entonces, vio que el rostro de Saxon se entristecía–. No me parece que sea lo adecuado en estos momentos. Quiero decir que sí, Saxon. Lo deseo más que nada, pero no estoy segura de que sea lo más adecuado.

–Lo es –afirmó él.

–En ese caso, aún seguirá siéndolo dentro de un mes o dos. Han pasado demasiadas cosas demasiado deprisa. El niño, tú... no quiero tomar la decisión equivocada...

–No puedo obligarte a decir que sí, pero puedo seguir pidiéndotelo. Puedo hacerte el amor y cuidar de ti hasta que no puedas imaginarte la vida sin mí...

–Ahora mismo me resulta ya imposible –susurró ella. Los labios le temblaban.

–No me rindo, Anna. Cuando quiero algo, no me detengo hasta no haberlo conseguido. Y te aseguro que voy a tenerte.

Anna sabía perfectamente a qué se refería. Cuando Saxon decidía algo, se centraba en ello con tal intensidad que no descansaba hasta haber alcanzado su objetivo. Resultaba algo turbador para Anna saberse el objeto de aquella clase de determinación.

Saxon sonrió. Su sonrisa era la de un depredador dispuesto a atrapar a su presa.

–Puedes estar completamente segura de ello, Anna.

SIETE

«Matrimonio». Aquel pensamiento ocupaba la consciencia de Anna durante el día y se colaba en sus sueños por la noche. Varias veces había pensado en dejarse llevar y decirle que sí, pero una parte de ella no estaba preparada para dar aquel paso tan importante. A la hora de hacerse su amante, no lo había dudado, pero le resultaba mucho más complicado decidirse a ser su esposa. Quería que Saxon la amara y que lo admitiera ante ella y ante sí mismo. Anna estaba segura de que la quería, pero hasta que él no aceptara sus propios sentimientos no podía estar del todo segura. Saxon era capaz de decir que la deseaba, pero no que la quería.

Sabía que no podía esperar nada más, pero lo deseaba.

Por otro lado, no podía sacarse a los Bradley de la cabeza. Por lo que Saxon había dicho, se había pasado seis años con ellos, desde que tenía doce años hasta que cumplió los dieciocho. Seis años era mucho tiempo para que aquellas personas no hubieran sentido algo por él. ¿Sería posible que ellos le hubieran ofrecido a Saxon algo más que lo que requería su labor como padres de acogida y que él no hubiera sabido interpretarlo? Si así era, ¿cómo se habrían sentido al no tener noticias de él después de haberlo criado?

Los Bradley le habían dado el único hogar estable que Saxon había conocido hasta que Anna se convirtió en su amante y creo para él un santuario en aquel apartamento. Siempre era posible que todo hubiera sido tal y como él lo recordaba y que, efectivamente, la pérdida de su verdadero hijo les hubiera impedido sentir algo más allá del deber y la piedad por su hijo adoptivo.

¡Pena! Efectivamente, si Saxon había notado que era pena lo que sentían por él, no era de extrañar que no hubiera regresado nunca.

Estuvo pensando en este asunto varios días hasta que decidió que, si quería estar del todo segura, lo mejor que podía hacer era dirigirse a Fort Morgan para tratar de encontrar a los Bradley. Podría ser que el viaje resultara completamente inútil dado que habían pasado diecinueve años y existía la posibilidad de que se hubieran mudado o que hubieran muerto.

Se sintió mucho mejor cuando tomó la decisión de ir aunque sabía que Saxon sería completamente contrario a la idea. Sin embargo, no estaba dispuesta a que su oposición la detuviera, aunque tampoco a mentirle al respecto.

Aquella noche, después de cenar, le dijo:

–Mañana tengo la intención de ir a Fort Morgan.

–¿Por qué? –preguntó él, entornando la mirada.

–Para tratar de encontrar a los Bradley.

Saxon dobló el periódico con un gesto de ira.

–No hay razón alguna para hacerlo. Ya te he contado cómo ocurrió todo. Además, ¿por qué te preocupa ese tema? Todo eso ocurrió hace diecinueve años. Ya no tiene nada que ver con nosotros. Entonces ni siquiera me conocías.

–En parte se debe a que tengo curiosidad –respondió ella con sinceridad–. ¿Y si te equivocas sobre lo que esas personas sentían por ti? Eras muy joven. Podría ser que no hubieras interpretado correctamente sus actos y, si fue así, esas personas se han pasado diecinueve años sintiéndose como si hubieran perdido dos hijos en vez de uno.

–No –dijo Saxon. Por el tono de su voz quedó muy claro que no estaba refutando la sugerencia de Anna sino emitiendo una orden.

Ella se sintió muy sorprendida.

–No te estaba pidiendo permiso. Simplemente te estaba comunicando adónde voy a ir para que no te preocupes si me llamas y no estoy en casa.

–He dicho que no.

–Así ha sido –afirmó ella–, pero yo ya no soy tu amante...

–Pues anoche me pareció que seguías siendolo –le espetó Saxon. El color verde de sus ojos se hizo más intenso.

Anna no tenía intención alguna de discutir con él. En vez de eso, sonrió afectuosamente.

–Eso fue hacer el amor.

Y, efectivamente, había sido maravilloso. El sexo entre ellos siempre había sido apasionado y urgente, pero desde que Saxon se había ido a vivir con ella, había adquirido una nueva dimensión, una abrumadora ternura que no había existido antes. El coito era mucho más prolongado. Era como si Saxon estuviera más relajado y tranquilo y, como resultado, el placer que ambos experimentaban era mucho más intenso.

Al escuchar la palabra «amor», el rostro de Saxon reflejó una ligera tensión.

–Yo no soy tu amante –repitió ella–. Eso terminó hace tiempo. Yo soy la mujer que te ama, la que vive contigo, la que va a tener un hijo tuyo.

–Tal vez no creas que sigues siendo mi amante –replicó él, con una cierta ira–, pero a mí todo me parece más de lo mismo.

–¿Porque sigues manteniéndome? Eso ha

sido decisión tuya, no mía. Si el hecho de que yo trabaje hace que te sientas mejor, encontraré un empleo. De todos modos, jamás me ha gustado ser una mantenida.

–¡Ni hablar!

A Saxon no le gustaba en absoluto aquella idea. Siempre había creído que si ella dependía por completo de él, sería menos probable que decidiera marcharse. Al mismo tiempo, había invertido en acciones que había puesto a su nombre para asegurarse de que ella nunca tuviera problemas económicos. La paradoja siempre lo había hecho sentirse muy intranquilo, pero quería que ella estuviera bien provista por si acaso le ocurría algo a él. Después de todo, viajaba mucho y pasaba mucho tiempo en obras. También había hecho testamento hacía un año y se lo dejaba todo a ella. Jamás le había contado aquel detalle.

–No quiero que vayas sola tan lejos en el coche –dijo por fin, sabiendo que ya no había modo de detenerla.

–Fort Morgan está a menos de dos horas en coche y han dicho que mañana el tiempo será bueno y soleado. Sin embargo, si quieres acompañarme, puedo esperar al fin de semana.

A Saxon no le apetecía nada. Los Bradley jamás lo habían maltratado. Habían sido los mejores padres de acogida que había tenido, pero esa parte de su vida había quedado atrás. Había cerrado la puerta por completo cuando se marchó aquel día y se había pasado los años transcurridos desde entonces trabajando como un esclavo para asegurarse de que jamás volvería a pasar penurias.

–Tal vez se hayan mudado –dijo ella, para tranquilizarlo–. Sólo quiero asegurarme.

–En ese caso, toma el teléfono y llama a Información. Habla con ellos si siguen viviendo allí. Ahora bien, te ruego que no me impliques a mí en nada. No quiero hablar con ellos ni volver a verlos. No quiero tener nada que ver con todo este asunto.

A Anna no le sorprendió en absoluto que Saxon rechazara el pasado de un modo tan tajante. No atesoraba ningún recuerdo de su infancia. Tampoco había esperado que la acompañara.

–No quiero hablar con ellos por teléfono –replicó–. Quiero ir allí, ver la casa... Tal vez no hable con ellos. Todo depende de lo que encuentre cuando llegue allí.

Saxon se negó a seguir hablando del tema y se levantó para dirigirse hacia la terraza. Anna tranquilamente retomó su parte del periódico, pero, en su interior, el corazón le latía con fuerza. Acababa de darse cuenta de que era la primera pelea doméstica que tenían en muchos años. Para su regocijo, habían discutido y no había ocurrido nada de importancia. Él no se había marchado ni parecía esperar que lo hiciera ella. Era maravilloso. Saxon confiaba en ella lo suficiente para no temer que un desacuerdo pudiera terminar con su relación.

Ella había tenido miedo de que Saxon reaccionara mal ante las discusiones. Todas las parejas normales tenían sus desacuerdos. Sin embargo, dos años atrás Saxon no habría podido tolerar una discusión sobre un tema tan personal.

Se estaba esforzando mucho, a pesar de que le resultaba muy difícil abrirse lo suficiente. Las circunstancias lo habían obligado a revelarle su pasado, pero no había tratado de volver a levantar las barreras mentales con las que se había estado protegiendo desde que lo conocía. Parecía haber aceptado que las circunstancias habían cambiado y que no había vuelta atrás.

Anna no sabía lo que iba a conseguir tratando de encontrar a los Bradley. Tal vez nada. Sólo quería ver cómo eran las personas que más influencia habían tenido en la infancia y la adolescencia de Saxon. Si parecían interesados en lo que pudiera haberle ocurrido, ella los informaría de que estaba vivo y bien, de que era un exitoso hombre de negocios y de que, muy pronto, iba a ser padre.

Aún de espaldas a ella, Saxon le preguntó:

–¿Tienes miedo de casarte conmigo por mi pasado? ¿Es ésa la razón de que quieras encontrar a los Bradley, para poder hacerles preguntas sobre mí?

–¡No! No tengo miedo de casarme contigo.

–Mis padres podrían haber sido cualquier cosa, asesinos, drogadictos... Podría ser que mi madre fuera una prostituta. Lo más probable es que lo fuera. Tal vez mis padres provinieran de una familia con un historial de problemas mentales. Yo mismo tendría miedo de casarme conmigo. Sin embargo, los Bradley no podrán decirte nada porque nadie sabe quiénes eran mis padres.

–A mí no me preocupan tus padres –replicó ella–. Te conozco. Eres un hombre sincero, amable, trabajador y muy sexy.

–Si soy todo eso, ¿por qué no quieres casarte conmigo?

Buena pregunta. Tal vez se estaba comportando como una estúpida por querer esperar.

–No quiero precipitarme a la hora de hacer algo que podría ser negativo para nosotros.

–No quiero que cuando nazca mi hijo sea ilegítimo.

–Oh, Saxon... Te prometo que tomaré una decisión mucho antes de que nazca el niño.

–Sin embargo, no puedes prometerme que la respuesta será «sí».

–No más de lo que tú podrías prometerme a mí que nuestro matrimonio iba a funcionar.

Saxon le dedicó una mirada airada por encima del hombro.

–Tú me dijiste que me amabas.

–Así es y es cierto. ¿Puedes tú decir que me amas a mí? –le espetó.

Saxon no respondió. Anna lo observó con ojos llenos de tristeza y ternura. Su pregunta podría tener dos lecturas diferentes. Estaba segura de que Saxon la amaba pero era incapaz de decirlo. Tal vez a él le parecía que, mientras no dijera las palabras en voz alta, no había hecho el compromiso emocional.

Al final, él dijo:

–¿Es eso lo que haría falta para convencerte de que te casaras conmigo?

–No. No se trata de una prueba que tengas que pasar.

–¿No?

–No –insistió ella.

–Tú dices que no quieres casarte conmigo porque no sabes si yo voy a poder ser feliz, pero estoy dispuesto a intentarlo. Tú eres la que se resiste a realizar ese compromiso.

Anna lo miró llena de frustración. A Saxon se le daba demasiado bien discutir utilizando los argumentos que ella le había dado en ocasiones anteriores en su contra.

–Yo no me estoy resistiendo a realizar un compromiso. Me resisto a realizarlo en estos momentos. Creo que tengo todo el derecho del mundo a mostrarme cauta.

–Si confías en mí, no.

Esa respuesta levantó ciertas sospechas en Anna. Lo miró y, de repente, se dio cuenta de que Saxon le había dado la espalda para que ella no pudiera leer la expresión de su rostro. Al ver lo que él estaba haciendo, entornó los ojos. No estaba tan indignado o tan disgustado como parecía. Simplemente estaba utilizando aquella conversación para conseguir que ella accediera a casarse con él. Todo formaba parte de su profunda determinación para salirse con la suya.

Anna se levantó y se dirigió hacia él. Le rodeó la esbelta cintura con los brazos y apoyó la cabeza contra la espalda.

–No te va a servir de nada. Te conozco...

Para su sorpresa, Saxon se echó a reír. Entonces, se dio la vuelta sin apartarse de ella y la rodeó también con sus brazos.

–Tal vez me conozcas demasiado bien –musitó.

–O tal vez necesites clases de interpretación.

Saxon volvió a reír y apoyó la mejilla sobre la parte superior de la cabeza de Anna. Sin embargo, cuando volvió a hablar unos segundos más tarde, el humor había desaparecido por completo de su voz.

–Ve a ver a los Bradley si es lo que quieres. Te aseguro que no hay nada que encontrar.

OCHO

Fort Morgan era una pequeña localidad de unos diez mil habitantes. Anna recorrió sus calles durante unos instantes para orientarse y luego se detuvo en una cabina de teléfonos para buscar la dirección de los Bradley. No sabía qué iba a hacer si no aparecían en la guía de teléfonos. Eso podría significar que habían muerto o que se habían mudado o simplemente que su número de teléfono no aparecía en la guía.

Le podría haber pedido la dirección a Saxon, pero no quería que él la ayudara a realizar algo que Anna sabía que no contaba con su aprobación. Además, habían pasado diecinueve años y no había garantía alguna de que los Bradley siguieran viviendo en la misma casa.

La guía de teléfonos no era muy grande. Pasó las páginas hasta encontrar la «B» y fue recorriendo la columna de nombres con el dedo.

–Bailey... Banks... Black... Boat–wright... Bradley. Harold Bradley.

Anotó la dirección y el teléfono y trató de decidir si debía llamarlos primero o dejar que alguien le indicara dónde estaba aquella dirección. Al final se decantó por esta última opción, ya que prefería pillarlos desprevenidos. Así, les resultaría mucho más difícil enmascarar sus verdaderos sentimientos hacia Saxon.

Se dirigió hacia una gasolinera, llenó el depósito y le pidió al encargado que le indicara dónde estaba la dirección en cuestión. Diez minutos más tarde, iba conduciendo tranquilamente por una pequeña calle de una zona residencial buscando números. Finalmente, detuvo el coche frente a una casa agradable pero sin pretensiones.

Con menos ganas de lo que había pensado, se bajó del coche y se acercó a la casa. Después de subir los tres escalones del porche, se percató de que no había timbre, por lo que se limitó a llamar al marco de la puerta y a esperar. Un gato gris y blanco salió al porche y comenzó a maullar con curiosidad al verla allí.

Después de unos instantes, volvió a llamar. En aquella ocasión escuchó unos rápidos pasos que se dirigían hacia la puerta y sintió que el pulso se le aceleraba.

La puerta se abrió por fin y se encontró cara a cara con una mujer alta y delgada, de aspecto severo. La mujer no abrió la mosquitera y con voz seca le dijo:

–¿Qué desea?

Anna se sintió desmoralizada por la antipatía de aquella mujer y pensó en fingir haberse perdido como excusa por haber llamado. De hecho, llegó a pensar en marcharse sin mencionar a Saxon.

–¿Es usted la señora Bradley? –le preguntó por fin.

–Sí, soy la señora Bradley.

–Me llamo Anna Sharp y estoy buscando a

los Bradley que ejercieron de familia de acogida de Saxon Malone. ¿Son ustedes?

–Así es –dijo la mujer, con voz tensa. Siguió sin abrir la mosquitera.

Anna sintió que sus esperanzas se desmoronaban. Si Saxon no había recibido amor de ninguna clase durante su estancia allí, mientras era sólo un muchacho, tal vez nunca sería capaz de darlo ni de aceptarlo. ¿Qué clase de matrimonio podría tener ella en aquellas circunstancias? ¿Qué haría ella si su propio hijo tuviera un padre que siempre se mantenía a distancia?

Sin embargo, había recorrido un largo camino hasta llegar allí, por lo que decidió que lo mejor era decirle a aquella mujer el asunto que la había llevado a Fort Morgan.

–Yo conozco a Saxon –comenzó. Al escuchar aquellas palabras, la mujer abrió inmediatamente la mosquitera.

–¿Lo conoce? –le preguntó muy interesada–. ¿Sabe usted dónde está?

–Sí.

La señora Bradley la invitó a pasar con un movimiento de cabeza,

–Entre.

Anna lo hizo, con la sensación de que estaba obedeciendo una orden en vez de aceptar una invitación. La mujer la condujo hacia el salón, que estaba decorado con muebles muy antiguos y usados, pero limpios.

–Siéntese.

Anna obedeció. Antes de sentarse también, regresó a cerrar la puerta principal y luego se limpió las manos en el delantal que llevaba puesto. Anna observó el movimiento de aquellas fuertes y ajadas manos y se dio cuenta de que, más que una necesidad, había sido un tic. Contempló el rostro de la mujer y se sorprendió al ver que, en los duros rasgos de la mujer, tomaba vida el espejismo de un sentimiento. La señora Bradley estaba tratando de contenerse, pero no pudo evitar que una solitaria lágrima le cayera por la enjuta mejilla. Entonces, se sentó en una mecedora y se agarró el delantal con las manos.

–¿Cómo está mi niño? –preguntó con la voz desgarrada por la emoción–. ¿Se encuentra bien?

Se sentaron a la mesa de la cocina. La señora Bradley tomaba café mientras que Anna se contentó con un vaso de agua. La señora Bradley había logrado recuperar la compostura aunque, de vez en cuando, se secaba los ojos con una de las puntas de su delantal.

–Hábleme de él –dijo Emmeline Bradley. Sus cansados ojos azules reflejaban una mezcla de alegría y ansia de saber, acompañados de una pizca de dolor.

–Es ingeniero –la informó Anna, llena de orgullo–. Es dueño de su propia empresa y tiene mucho éxito en los negocios.

–Siempre supe que eso sería lo que ocurriría. Saxon era muy listo. Harold y yo siempre decíamos que tenía la cabeza bien asentada sobre los hombros. Sacaba muy buenas notas en sus estudios y se los tomaba muy en serio.

–Consiguió ir a la universidad y se graduó de los primeros de su clase. Podría haber ido a trabajar para una de las grandes empresas de ingeniería, pero quería tener su propio negocio. Yo fui su secretaria durante algún tiempo.

–Madre mía, hasta secretaria... Cuando se decidía a hacer algo, no había quien lo detuviera.

–Sigue siendo así –comentó Anna, entre

risas–. Dice exactamente lo que piensa y hace exactamente lo que dice. Una siempre sabe a qué atenerse con Saxon.

–Cuando estuvo con nosotros, no hablaba mucho, pero nosotros comprendíamos lo que le pasaba. De hecho, teniendo en cuenta por todo lo que había tenido que pasar, era increíble que hablara. Nosotros tratábamos de no agobiarlo ni imponernos a él. A veces nos rompía el corazón al ver cómo se apresuraba a hacer todo lo que le pedíamos para luego hacerse a un lado para ver si nosotros pensábamos que lo había hecho bien. Supongo que creía que íbamos a echarlo de casa si no lo hacía todo a la perfección o tal vez a darle una paliza tal y como habían hecho en algunas de las otras casas en las que había estado.

Los ojos de Anna se llenaron de lágrimas. Se imaginaba a Saxon claramente, tan joven, tan delgado y tan indefenso, con aquellos ojos verdes siempre observando.

–No llores –susurró Emmeline antes de tener que secarse sus propios ojos–. Cuando lo acogimos, tenía doce años. Estaba delgado como un hueso y era muy desgarbado. Aún no había dado el estirón y cojeaba un poco porque la mujer que lo tuvo antes que nosotros lo arrojó del porche con el palo de una escoba. El pobrecillo se torció el tobillo y se hizo mucho daño. Tenía muchos hematomas en la espalda, como si aquella desalmada le hubiera golpeado allí también con la escoba. Supongo que era algo habitual. Además, tenía la marca de una quemadura en el brazo. Él nunca nos dijo qué le había pasado, pero la asistente social nos dijo que un hombre le había apagado un cigarrillo en el brazo.

»Nunca mostró miedo ante nosotros, pero, durante mucho tiempo, se tensaba si nos acercábamos demasiado, como si estuviera preparándose para salir corriendo o para pelear. Parecía más cómodo si nos manteníamos a distancia, así que era eso lo que hacíamos, aunque yo me moría de ganas por abrazarlo y decirle que nadie iba a volver a hacerle daño. Sin embargo, era más bien como un perro al que habían maltratado. Había perdido su confianza en la gente.

Anna sintió que se le hacía un nudo en la garganta al hablar.

–Hasta cierto punto, sigue mostrándose distante. No se muestra cómodo en lo que se refiere a los sentimientos, aunque está mejorando.

–¿Tan bien lo conoces? Me has dicho que fuiste su secretaria. ¿Ya no trabajas para él?

–No. Llevo dos años sin trabajar para él –respondió. Entonces, se sonrojó–. Vamos a tener un hijo y él me ha pedido que me case con él.

–En mis tiempos, se hacía al revés, pero ahora todo es muy diferente –replicó la mujer mirándola de arriba abajo–. No hay vergüenza alguna en amar a una persona. ¿Para cuándo nacerá el niño?

–En septiembre. Vivimos en Denver, por lo que no estamos muy lejos. No resultaría difícil venir de visita.

El rostro de Emmeline se cubrió de una profunda tristeza.

–Siempre imaginamos que Saxon no quería tener nada que ver con nosotros. Se despidió de nosotros cuando se graduó en el instituto y supimos que lo decía completamente en serio. En realidad, nunca pudimos culparlo. Cuando vino a vivir con nosotros, los años de sufrimiento lo habían marcado hasta tal punto que sería difícil cambiarlo. La mujer que lo trajo a este mundo tiene muchas cosas de las que responder, por lo que le hizo nada más nacer y por el infierno en el que convirtió su vida. Te juro que si alguien hubiera descubierto quién era, yo habría sido capaz de asesinarla.

–Eso mismo he pensado yo...

–Mi Harold murió ya hace algunos años. Me encantaría que estuviera aquí ahora para que supiera lo bien que le ha ido la vida a Saxon, pero supongo que ya lo sabe de todos modos.

–Saxon me dijo que usted perdió a su hijo –dijo Anna. Inmediatamente se arrepintió porque no quería causarle a la mujer una pena innecesaria. Perder a un hijo era algo que ningún padre debería experimentar nunca.

Emmeline asintió.

–Kenny... Dios santo... Hace ya treinta años desde que se puso enfermo aquella última vez. Siempre estuvo enfermo del corazón desde que nació y, entonces, no podían hacer las cosas que pueden hacer ahora. Desde que era un bebé, los médicos nos dijeron que no viviría mucho tiempo, pero saberlo no siempre prepara a uno para lo peor. Murió cuando tenía diez años, el pobrecito, y tenía el tamaño de un niño de seis.

Después de una pequeña pausa, la mujer siguió hablando. Una sonrisa se le había dibujado en el rostro.

–Saxon, por el contrario, a pesar de estar muy delgado y magullado, era fuerte. Empezó a crecer al año siguiente de venir a vivir con nosotros. Tal vez era comer a sus horas lo que lo consiguió. Dios sabe que yo le metía en el cuerpo toda la comida que podía. Creció mas de treinta centímetros en poco más de seis meses. Era alto y muy delgado. Cada vez que le comprábamos unos pantalones, parecía que se le quedaban pequeños a la semana siguiente. En poco tiempo, se hizo más alto que Harold, aunque era todo brazos y piernas. Entonces, empezó a engordar y daba gusto verlo. De repente, empezamos a tener más chicas caminando por delante de la casa de las que hubiéramos podido imaginar que vivían en los alrededores.

–¿Cómo se tomó él ser el centro de atención de tantas chicas?

–Jamás se dio por aludido. Como ya te he

dicho, se tomaba muy en serio sus estudios. Además, se mostraba muy esquivo a la hora de permitir que nadie se le acercara, por lo que creo que salir con una chica le habría resultado muy incómodo. Sin embargo, esas chicas no se desmoralizaban por ello y no puedo culparlas por ello. Saxon hacía que todos los chicos de su edad parecieran unos enclenques a su lado. Empezó a afeitarse cuando tenía quince años y tenía barba de verdad, no unos pelillos de nada como la mayoría de los chicos. Su torso y sus hombros ensancharon mucho y tenía el cuerpo muy bien formado.

Anna dudó, pero decidió tocar de nuevo el tema de Kenny. Emmeline hablaba con verdadero entusiasmo sobre Saxon, pero tal vez era porque le había negado su atención durante muchos años.

–Saxon me ha dicho que siempre le pareció que usted lamentaba que él no fuera Kenny y que lo culpaba de no ser su hijo.

Emmeline lo miró muy sorprendida.

–¿Cómo? Eso es imposible. Saxon no tuvo la culpa de que Kenny muriera. Una madre jamás supera la muerte de un hijo, pero cuando acogimos a Saxon Kenny ya llevaba varios años muerto. Siempre habíamos planeado adoptar o acoger a algún niño después de que Kenny nos dejara. Los recuerdos de Kenny nos abandonaron un poco cuando llegó Saxon a casa. Nos parecía que nuestro hijo se alegraba de que tuviéramos a alguien más de quien ocuparnos y Saxon nos ayudaba a no pensar en nuestro hijo. ¿Cómo íbamos a culparlo de nada después de todo lo que había tenido que pasar? Kenny no gozaba de buena salud, pero él siempre supo que lo queríamos mucho y, aunque murió tan joven, en cierto modo tuvo más suerte que Saxon.

–Saxon necesita mucho amor –afirmó Anna, sintiendo que se le hacía un nudo en la garganta–, pero le cuesta mucho llegar a nadie o dejar que la gente llegue a él.

Emmeline asintió.

–Supongo que tal vez nos deberíamos haber esforzado un poco más después de que él comprendiera que no íbamos a hacerle daño, pero, para entonces, ya nos habíamos acostumbrado a mantener las distancias con él. De todos modos, Saxon parecía más cómodo así y nosotros decidimos no obligarlo. Con el tiempo, veo claramente lo que deberíamos haber hecho con él, pero en aquellos momentos hicimos lo que nos pareció que él necesitaba de verdad...

Emmeline permaneció unos instantes sentada en completo silencio. Entonces, volvió a tomar la palabra.

–Jamás nos arrepentimos de su presencia en esta casa. Ni por un solo instante. Dios sabe que lo quisimos mucho desde el momento en el que lo vimos.

NUEVE

Saxon torció el gesto cuando Anna le contó que Harold había fallecido. Ella había esperado que se negara a escuchar lo que había averiguado sobre los Bradley, pero no había sido así. No obstante, si sentía curiosidad lo estaba ocultando muy bien porque no hacía pregunta alguna. Fue la noticia de la muerte de Harold lo que despertó su interés, aunque de mala gana.

–¿Y Emmeline sigue viviendo sola en la misma casa?

–Parece tener buena salud. Lloró cuando supo que yo te conocía. Deberías ir a verla.

–No.

–¿Por qué no?

Anna notó que él se iba encerrando en su fortaleza. Extendió una mano y le agarró una de las suyas.

–No voy a dejar que me dejes sola. Te amo y estamos metidos en esto juntos –afirmó–. Si yo tuviera un problema, ¿me ayudarías o dejarías que me ocupara de él yo sola?

–Me ocuparía de ti –respondió, apretando la mano de Anna–, pero yo no tengo ningún problema.

–Pues yo creo que sí.

–Y tú estás decidida a ayudarme tanto si yo creo que existe como si no. ¿Es eso?

–Efectivamente. Así es como funcionan las relaciones. Las personas se meten en los asuntos de sus seres queridos porque se preocupan por ellos.

Lo que en el pasado le hubiera parecido una intolerable intromisión en su intimidad le hacía sentirse molesto, pero seguro a la vez. Anna tenía razón. Así era como funcionaban las relaciones. Lo había visto muchas veces, aunque aquella vez era la primera que lo experimentaba. De algún modo, su acuerdo se había convertido en una relación, llena de complicaciones, demandas y obligaciones, pero Saxon no la cambiaría por nada. Por primera vez en su vida, se sentía aceptado como realmente era. Anna lo sabía todo sobre él y, a pesar de todo, no lo había abandonado.

Presa de un repentino impulso, se la colocó encima del regazo para poder mirarla al rostro mientras hablaban.

–No fueron unos momentos muy buenos de mi vida. No quiero recordar nada de todo aquello –dijo.

–El modo en el que tú lo recuerdas está distorsionado por todo lo que te había ocurrido antes. Crees que los Bradley se mostraron fríos y resentidos contigo porque tú no eras su hijo, pero eso no era lo que los dos sentían.

–Anna, yo viví todo aquello...

–Tú no eras más que un muchacho asustado. ¿No crees que fuera posible que estuvieras tan acostumbrado al rechazo que lo esperaras, que lo vieras sin que existiera de verdad?

–¿Acaso te has convertido ahora en psiquiatra aficionado?

–Para razonar no hace falta un título –dijo

ella, inclinándose después sobre él para darle un rápido beso en los labios–. Esa mujer estuvo mucho tiempo hablándome sobre ti.

–Y ahora tú te crees que eres una experta.

–En ti, sí. Llevo años estudiándote, desde el momento en el que empecé a trabajar para ti.

–Te pones muy guapa cuando te enfadas –dijo él. De repente, le estaba empezando a gustar aquella conversación.

–En ese caso, me voy a poner todavía más guapa –le advirtió Anna.

–Podré superarlo.

–¿Eso es lo que crees, fortachón?

–Claro que sí –replicó Saxon. Entonces, le colocó las manos sobre las caderas y comenzó a movérselas muy sugerentemente–. Estoy seguro de ello...

–No intentes distraerme –susurró ella, tras cerrar un momento los ojos.

–No lo estaba intentando.

No. Lo estaba consiguiendo sin esfuerzo alguno. A ella le faltaba mucho para convencerlo, por lo que trató de ponerse de pie. Sin embargo, Saxon la agarró con fuerza y la mantuvo sentada en su regazo.

–Permanece donde estás –le ordenó.

–No podemos hablar en esta postura. Tú empiezas a pensar en el sexo y ya sabes adónde nos va a llevar eso...

–Seguramente terminaremos sentados aquí en el sofá. No sería la primera vez...

–Saxon, ¿te importaría tomarte esto en serio?

–Te aseguro que me lo estoy tomando todo muy en serio. Lo de Emmeline y lo de esta postura. Sin embargo, no quiero volver. No quiero recordar.

–Esa mujer te adora. Dijo que eras «su niño» y afirmó que nuestro hijo sería su nieto.

–¿Que dijo qué? –preguntó, sorprendido.

–Deberías hablar con ella. Tus recuerdos no son exactos. Ellos comprendieron que tenías miedo de que los adultos se te acercaran por los abusos a los que habías sido sometido y por eso no lo intentaron contigo. Pensaron que te estaban haciendo la vida más fácil.

Saxon la miró muy sorprendido a medida que los recuerdos parecieron acudir a su mente.

–¿Querías que ellos te abrazaran? –le preguntó Anna–. ¿Se lo habrías permitido?

–No –admitió él–. No lo habría soportado. Incluso cuando empecé a tener relaciones sexuales en la universidad, no quería que la chica en cuestión me abrazara. No fue hasta que...

Se interrumpió. Hasta que conoció a Anna no había querido que ninguna mujer lo rodeara con sus brazos. Fue ella la que lo empujó a desear abrazar a una mujer y dejarse abrazar por ella. Con todas las otras mujeres, Saxon se había encargado de sujetarles las manos por encima de la cabeza o se había encontrado de rodillas fuera de su alcance. Sin embargo, con todas esas mujeres sólo había tenido sexo. Con Anna, desde el principio, había sido hacer el amor. Desgraciadamente, había tardado dos años en darse cuenta.

Efectivamente, jamás hubiera permitido que Emmeline o Harold lo abrazaran, y ellos lo habían comprendido. ¿Tendría razón Anna al decirle que sus recuerdos se habían visto distorsionados por las experiencias anteriores? Tal vez las palizas y todos los abusos sufridos en los anteriores hogares de acogida lo habían condicionado a la hora de esperar rechazo en todos los adultos que conocía. Su corta edad no le había permitido comprenderlo.

–¿Crees que podrás seguir con tu vida sin estar plenamente seguro de ello?

–Estoy tratando de seguir con mi vida, Anna. Estoy tratando de construirme una vida y dejar escapar el pasado. Dios sabe que llevo muchos años haciéndolo. Ahora que por fin lo he conseguido, ¿por qué debo escarbar en ello de nuevo?

–Porque no puedes olvidarlo. Tu pasado te ha convertido en el hombre que eres. Emmeline te adora y, en estos momentos, está sola en el mundo. No se quejó de que tú te hubieras marchado hace más de veinte años y que jamás hubieras vuelto a verla. Sólo quería saber que te encontrabas bien y se sintió muy orgullosa al conocer hasta dónde habías llegado en la vida.

Saxon cerró los ojos y pensó en Emmeline. No quería ni imaginarse que ella se hubiera pasado veinte años preocupándose por él, preguntándose qué era de su vida. Nadie se había preocupado antes por él, por lo que aquella posibilidad jamás se le había pasado por la cabeza. Lo único que había deseado era olvidarse por completo del pasado y no mirar nunca atrás. Sin embargo, Anna parecía pensar justamente lo contrario. Parecía tener la opinión de que el paisaje de la vida cambia cuando uno lo ha dejado atrás. Tal vez tenía razón. Tal vez todo le parecería completamente diferente.

De repente, todo le quedó muy claro. No quería volver atrás. Quería que Anna se casara con él y Anna quería que él fuera a ver a Emmeline. Inmediatamente, supo muy bien lo que tenía que hacer.

–Está bien. Volveré, pero con una condición.

–Tú dirás. ¿De qué se trata?

–Que accedas a casarte conmigo. Haré lo que haga falta para tenerte. No puedo perderte. Ya lo sabes, Anna.

–No vas a perderme.

–Lo quiero firmado, sellado y registrado en el juzgado del condado. Quiero que seas mi esposa y yo quiero ser tu esposo. Quiero ser el padre de nuestros hijos –afirmó, con una sonrisa–. De este modo, podré compensar mi terrible infancia y darles a mis hijos algo mucho mejor y poder disfrutar de una verdadera infancia a través de ellos.

De todas las cosas que Saxon podría haberle dicho, aquélla llegó directamente al corazón de Anna. Ocultó el rostro contra el cuello de Saxon para que él no pudiera ver las lágrimas que le llenaban los ojos. Entonces, tragó saliva varias veces para poder hablar con normalidad.

–Muy bien –dijo–. Ya tienes esposa.

No podían ir a Fort Morgan inmediatamente por los compromisos de negocios que Saxon tenía. Tras mirar al calendario, Anna sonrió e hicieron planes para ir al domingo siguiente. A continuación, llamó a Emmeline para decírselo. El carácter de la anciana no solía permitirle muchos arrebatos de entusiasmo, pero Anna notó que su voz estaba llena de alegría.

Cuando por fin llegó el día, se pusieron en camino. A medida que iban acercándose a Fort Morgan, Saxon se notaba cada vez más tenso. Había estado en familias de acogida por todo el estado, pero en Fort Morgan había pasado más tiempo que en ningún otro lugar, por lo que sus recuerdos eran más numerosos. Recordaba perfectamente todos los detalles de la vieja casa, los muebles, las fotografías y los libros, a Emmeline en la cocina... Recordaba que su madre de acogida era muy buena cocinera y que solía preparar un pastel de manzana que resultaba casi pecaminoso. Se habría dado buenos atracones de aquel pastel si no hubiera tenido siempre la terrible sensación de que le quitaban las cosas que le gustaba. Por eso, siempre se había limitado a una única porción y se había obligado a no mostrar entusiasmo alguno. Se acordaba de que Emmeline realizaba muchos pasteles de manzana.

Realizó el trayecto a la casa sin dificultad. Cuando aparcó el coche, sintió una fuerte opresión en el pecho hasta que sintió que estaba a punto de asfixiarse. Era como si se viera atrapado en el tiempo y hubiera vuelto veinte años atrás para encontrar que nada había cambiado. La casa, a pesar de estar más vieja, seguía estando pintada de blanco y el jardín tan primoroso como siempre. Emmeline, que estaba esperándolos en el porche, seguía siendo alta y delgada y, como entonces, tenía un gesto severo en el rostro.

Saxon abrió la puerta del coche y salió. Sin esperar a que él le abriera la puerta, Anna hizo lo mismo pero no realizó ademán alguno de acercarse a él.

De repente, Saxon sintió que no podía moverse. Miró a la mujer que no había visto hacía veinte años. Era la única madre que había conocido. Le dolía el pecho y casi no podía respirar. Jamás se había imaginado que pudiera ser así, pero, de repente, se sintió de nuevo como si tuviera doce años y llegara a aquella casa por primera vez con la esperanza de que fuera mejor que las anteriores, aunque en realidad esperaba más de lo mismo. Emmeline lo había estado esperando también en el porche y, cuando Saxon miró su severo rostro, sintió sólo rechazo y miedo. Temió mojarse los pantalones, pero no lo hizo. Decidió que lo mejor era encerrarse en sí mismo, protegerse del único modo que conocía.

Emmeline bajó los escalones. No llevaba puesto un delantal, sino que se había puesto uno de sus vestidos de los domingos. Por costumbre, se estaba limpiando las manos en la falda. Se detuvo y observó al poderoso y alto hombre que acababa de descender del vehículo y que la estaba observando desde la acera. Se había convertido en un hombre muy guapo, algo que ella siempre había sospechado. Sin embargo, la expresión que tenía en los hermosos ojos verdes era la misma que hacía veinticinco años, cuando la asistente social lo llevó a aquella casa, asustado y desesperado. Emmeline sabía que, como entonces, no se acercaría más a la casa, pero en esta ocasión no contaba con la ayuda de la asistente social para que lo llevara hasta el porche.

Lentamente, el rostro de la anciana esbozó una sonrisa. Entonces, Emmeline bajó los escalones para recibir a su hijo, con la boca temblorosa, las lágrimas cayéndole por las mejillas y los brazos extendidos. No dejó nunca de sonreír.

Saxon sintió que algo se rompía en su interior y él también se rompió. No había llorado desde que era un niño, pero Emmeline había sido su única ancla hasta que conoció a Anna. Con dos largos pasos se encontró con ella en medio de la acera y la estrechó entre sus brazos. Entonces, Saxon Malone empezó a llorar. Emmeline lo abrazó y lo estrechó contra su cuerpo todo lo que pudo mientras no dejaba de susurrar:

–Mi niño... mi niño...

En medio de la escena, Saxon se volvió hacia Anna y extendió la mano. Ella echó a correr y se lanzó a sus brazos. Saxon estrechó contra su cuerpo a las dos mujeres a las que amaba.

Era doce de mayo. Día de la Madre.

EPÍLOGO

Anna se despertó lentamente de lo que parecía el sueño más profundo que había tenido en toda su vida y abrió los ojos. Lo primero que vio le impidió moverse durante mucho tiempo. Se limitó a gozar con la dulzura de aquella imagen. Saxon estaba sentado al lado de la cama de hospital a su lado, al igual que lo había estado a lo largo de todo el parto. Anna había visto su hermoso rostro lleno de dolor y preocupación por ella y luego reflejando la más infinita alegría cuando ella dio por fin a luz.

En aquellos momentos, tenía a su hijo dormido en brazos. Toda su atención se centraba en la pequeña criatura. Con infinito cuidado, examinaba las pequeñas manos y las minúsculas uñitas. Al ver que el niño le agarraba el dedo con los deditos con sorprendente fuerza, contuvo el aliento. Dibujó con un dedo las cejas casi invisibles y acarició la suave mejilla y la boquita. Su hijo cabía perfectamente en sus enormes manos, aunque había pesado al nacer más de tres kilos y medio.

Anna se puso de costado y sonrió a Saxon cuando él centró su atención en ella.

–¿No te parece guapísimo? –susurró la feliz madre.

–Es lo más perfecto que he visto en toda mi vida –respondió, lleno de asombro y admiración–. Emmeline ha ido a la cafetería para comer algo. Prácticamente tuve que pelearme con ella para quitarle al bebé de los brazos.

–Bueno, es su único nieto. Por el momento.

Saxon la miró con incredulidad al recordar lo dificultoso que había sido el parto, pero luego centró su atención en el bebé que tenía entre sus brazos y comprendió que Anna considerara que sus sufrimientos habían merecido la pena. Entonces, sonrió a su esposa.

–Mientras el siguiente sea una niña...

–Haremos todo lo que podamos.

–Aún no hemos decidido un nombre para éste –dijo Saxon.

–Tú puedes decir el primer nombre. Yo ya he decidido el segundo.

–¿Y cuál es?

–Saxon, por supuesto –afirmó Anna–. El segundo Saxon Malone. Estamos empezando una tradición familiar, ¿recuerdas?

Saxon tomó la mano de Anna y se sentó a su lado sobre la cama para que, juntos, pudieran admirar a su hijo recién nacido.

EL APAGÓN

UNO

Jueves, veintiuno de julio

Era un día demasiado caluroso, incluso para Dallas.

El intenso calor de la acera atravesaba la suela de los zapatos de Elizabeth Major, forzándola a acelerar el paso a pesar de que cualquier esfuerzo, por mínimo que fuese, se hacía insoportable.

El edificio de oficinas donde trabajaba no tenía aparcamiento. Al parecer, los arquitectos lo consideraban innecesario, puesto que había uno al otro lado de la calle. Cada vez que Elizabeth cruzaba bajo la lluvia, o cuando se veía obligada a sortear los coches, se decía que tal vez debería buscar una oficina en otra parte. Sin embargo, siempre cambiaba de opinión al entrar, aunque se sentía mejor al recordar que en cualquier momento podía marcharse.

Exceptuando el problema del aparcamiento, el edificio era perfecto. Construido hacía dos años, era tan práctico como elegante. El vestíbulo estaba pintado con una extraña mezcla de gris, morado, y blanco. La abundante vegetación contribuía a aumentar la sensación de comodidad. Los ascensores eran numerosos, rápidos y fiables, cualidades que Elizabeth apreciaba en su justa medida, sobre todo porque su anterior oficina estaba en un edificio bastante antiguo, donde los ascensores se estropeaban a menudo.

Un servicio de guardas jurados se encargaban de la seguridad. Había dos turnos de vigilancia en el vestíbulo, de seis de la mañana a diez de la noche, ya que nadie trabajaba más tarde. Cualquiera que quisiera llegar antes o después debía ponerlo en conocimiento del servicio de seguridad. Se había extendido el rumor de que la empresa de proceso de datos del décimo piso estaba considerando la posibilidad de ampliar su horario de trabajo con un tercer turno de manera que resultaría necesario, también, un tercer turno en seguridad. Por el momento, el edificio se cerraba a las diez de la noche entre semana, y a las seis de la tarde los sábados y domingos.

Empujó la primera puerta y suspiró de placer en cuanto sintió el aire acondicionado. Cuando entró en el vestíbulo, a través de la segunda puerta de cristal, el aire fresco hizo que temblase por un momento. Sus medias se le habían pegado a las piernas debido al sudor, y la incómoda sensación había dado paso a un escalofrío agradable. En cualquier caso, se sentía feliz cuando atravesó el vestíbulo para dirigirse a los ascensores.

Un hombre algo desaliñado, probablemente un motorista, a juzgar por su aspecto, entró en el ascensor justo antes que ella. Innecesariamente preocupada, Elizabeth se cambió el bolso de brazo, dejando libre su mano derecha, y cuando se volvió para pulsar el botón del quinto piso, se encontró con que una mano grande y áspera se le había adelantado. Sonrió levemente, y se tranquilizó, pensando que si se dirigía al quinto piso, era indudable que tendría algo que ver con la empresa de seguridad Quinlan.

Salió y caminó con paso firme por el pasillo. Su oficina estaba a la izquierda. Era elegante, con grandes ventanas. Comprobó que su secretaria, Chickie, había vuelto de comer a tiempo. Chickie alzó la vista y la observó mientras se acercaba, o tal vez a quien miraba era al motorista. Elizabeth pudo ver los grandes ojos oscuros de Chickie clavados con fascinación en el hombre.

Abrió la puerta de la oficina. El motorista hizo lo propio en la empresa de seguridad. Quinlan no tenía cristaleras que dieran al distribuidor; sólo una pequeña placa en la puerta. Más de una vez se había alegrado de ello, puesto que la gente que atravesaba aquella puerta solía ser algo extraña, por así decirlo.

–Vaya –dijo Chickie, mirando hacia la puerta del otro lado del pasillo–. ¿Has visto eso?

–Sí –dijo Elizabeth con sequedad.

El gusto de Chickie en lo referente a los

hombres le parecía algo extravagante y demasiado heterodoxo.

–Llevaba un pendiente –comentó–. ¿Y te has fijado en su pelo?

–Sí. Largo y despeinado.

–¡Qué hombre! Me pregunto para qué habrá ido a Quinlan. Tal vez sea un nuevo empleado –dijo con ojos brillantes.

Elizabeth no quería pensarlo, aunque sabía que era posible. Desafortunadamente, los empleados de Quinlan se distinguían por su aspecto inquietante. Chickie, que no era en modo alguno una persona tímida, había hecho sus propias averiguaciones cuando comenzaron a trabajar en el edificio, y según parecía, trabajaban en todos los ámbitos, desde el servicio de guardas jurados hasta el de guardaespaldas.

Pero para Elizabeth, aquél no era suficiente motivo para explicar la clase de gente que entraba y salía de las oficinas de Quinlan. Tenían un aspecto demasiado duro, tanto los clientes como los empleados. En el primer caso, no podía imaginárselos con suficiente dinero como para acceder a los servicios de una empresa de seguridad. En el segundo, no podía creer que los clientes se sintieran cómodos en presencia de guardaespaldas con aspecto de asesinos múltiples.

Había salido algunas veces con Tom Quinlan, el dueño de la empresa, durante el invierno anterior, pero no hablaba mucho de su negocio, y a ella le parecía poco conveniente mostrarse interesada. Era un hombre robusto, con una personalidad tan desbordante como su presencia física. Cuando se dio cuenta de lo que pretendía, dejó de verlo. No quería volver a perder el control sobre su vida, y Tom Quinlan había sobrepasado la línea que se había trazado.

Chickie dejó de mirar a la puerta de enfrente y miró con exasperación a Elizabeth.

–¿Y bien?

Elizabeth no pudo evitar una sonrisa de satisfacción.

–Le ha encantado.

–¿Le gusta? ¿Lo has conseguido? –preguntó Chickie, levantándose.

–Tenemos el contrato. Empezaremos el mes que viene.

Había estado comiendo con Sandra Eiland, que poseía una de las mayores fortunas de Dallas. Sandra había decidido cambiar la decoración de su lujosa casa de estilo español, y había aceptado con entusiasmo su proyecto. Elizabeth tenía su propia empresa desde hacía cinco años, y aquél era el trabajo más importante que había conseguido. Tanto en el plano económico como por la publicidad que un proyecto así conllevaba, se trataba de un éxito rotundo. Sandra Eiland daba muchas fiestas y sin duda, el nombre de la decoradora saldría a relucir.

Chickie no ocultó su entusiasmo. Se puso a bailar por la zona de recepción, con el largo pelo negro al viento.

–¡Dallas, míranos! ¡Lo hemos conseguido! –gritó–. Hoy el proyecto de Eiland, y mañana... mañana ya veremos. Creo que vamos a estar muy ocupadas.

–Eso espero –dijo Elizabeth entrando en su despacho.

–No lo dudes –confirmó Chickie mientras la seguía sin dejar de bailar–. Está garantizado. El teléfono sonará tanto que tendrás que ponerme un ayudante. Vaya, me gusta la idea. Otro puede contestar el teléfono, mientras yo me dedico a buscar por la ciudad todo lo que necesitarás para todos los trabajos que te saldrán sin parar.

–Si no estás en la oficina, no podrás mirar a los chicos que entran y salen por la puerta de enfrente –señaló Elizabeth en tono despreocupado, ocultando su diversión.

Chickie dejó de bailar, y se quedó pensativa. Para ella, la agencia Quinlan era una especie de cofre del tesoro, lleno de hombres interesantes.

–En ese caso, tendré dos ayudantes –dijo finalmente–. Uno para contestar el teléfono, y otro para hacer los recados en la ciudad mientras organizo las cosas aquí.

Elizabeth rió en alto. Chickie era un ser tan exuberante, que siempre resultaba divertido estar con ella. Se complementaban. La sequedad y el mal genio de Elizabeth, frente al temperamento resuelto y alegre de Chickie. Incluso en lo físico. Elizabeth era alta y delgada, y Chickie baja y voluptuosa. Chickie tendía a vestirse de manera provocativa, y Elizabeth hacía verdaderos esfuerzos por convencerla para que llevase cosas más discretas. A los clientes no les gustaba el estilo demasiado exuberante ni el demasiado austero. En cierto modo, el contraste entre las dos resultaba agradable, como si les diese la seguridad de que no iban a estar sujetos a un solo estilo con el que no estuviesen cómodos. Sin embargo, en ocasiones Elizabeth no se sentía a gusto con su propia manera de vestir, y aquél era uno de esos días. Hacía tanto calor que habría preferido llevar unos pantalones cortos y una simple camiseta, pero se sentía obligada a encerrarse dentro de unas medias. Claro que, de no ser por el aire acondicionado, jamás habría logrado sobrevivir. Incluso cruzar la calle bajo aquel calor insoportable constituía una prueba de resistencia.

Las pulseras de Chickie tintinearon cuando se sentó frente al escritorio de Elizabeth.

–¿A qué hora te marchas?

–¿Cómo que a qué hora me marcho? –a veces, la conversación de Chickie resultaba difícil de seguir–. Acabo de llegar.

–¿Nunca oyes la radio? Hay una ola de calor. El departamento de sanidad, y el meteorológico, ha aconsejado a la población que se quede en casa durante las horas más calurosas del día, bebiendo mucha agua y todo eso.

Hay muchos negocios que sólo abren por las mañanas, para que los empleados puedan marcharse a casa pronto y no se queden atrapados en los atascos. He estado haciendo averiguaciones, y casi todas las oficinas del edificio cierran a las dos.

Elizabeth miró la carpeta con el proyecto de Eiland, que acababa de dejar en la mesa. Ardía en deseos de comenzar de inmediato.

–Puedes irte a casa cuando quieras –dijo–. Tengo algunas ideas acerca de la casa de Eiland, y quiero ponerme a trabajar mientras las tenga frescas en la cabeza.

–No tengo ningún plan –contestó Chickie con rapidez–. Me quedo.

Elizabeth se puso a trabajar, y al poco rato estaba completamente absorta. Le encantaba la decoración de interiores, la posibilidad de compaginar lo funcional y lo decorativo en las casas de una forma que encajara con el carácter de su dueño. Sandra Eiland quería algo que tuviese la esencia del viejo sudoeste, con mucha luz y espacio, pero con un toque de su sofisticación.

–El sonido del teléfono interrumpió su concentración. Miró el reloj, y se sorprendió de que fuesen ya las tres en punto. Chickie contestó la llamada y luego dijo:

–Iré a mirar. Espere un momento.

Giró sobre su silla y miró a través de la puerta abierta de la oficina de Elizabeth.

–Es el guarda jurado de abajo. Es un sustituto; no uno de los habituales, y está comprobando quién está en las oficinas, puesto que no conoce los horarios de las empresas. Dice que casi todos se han marchado, y quiere saber hasta cuándo estaremos.

–¿Por qué no te vas a casa? –sugirió Elizabeth–. No hace ninguna falta que te quedes. Y dile al guarda que me marcharé a tiempo. Quiero terminar con esto, pero no tardaré mucho.

–Me quedo contigo –insistió Chickie.

–No, no es necesario. Deja puesto el contestador automático. Te prometo que no me quedaré mucho tiempo.

–Bueno, de acuerdo.

Chickie transmitió el mensaje al guarda jurado, colgó, y tomó el bolso.

–No me apetece marcharme. Valdría la pena esperar hasta que haga menos calor. Más tarde refrescará un poco.

–Faltan más de cinco horas para que se ponga el sol. Recuerda que estamos en julio.

–Sí, pero por otra parte podría utilizar esas horas para intentar seducir al chico que llegó la semana pasada.

–Suena bastante más productivo.

–Y más divertido –sonrió–. No podrá resistirse. Hasta mañana.

–Hasta mañana, y buena suerte.

Apenas hubo salido Chickie de la oficina, contoneándose con su falda roja, Elizabeth volvió al trabajo. Siempre se esforzaba al máximo en cada proyecto, pero en aquel caso quería ser particularmente cuidadosa, no sólo por el evidente beneficio que le iba a reportar, sino porque una casa así lo merecía.

Cuando comenzó a sentir calambres en los dedos, se detuvo un instante. Notó que sus hombros estaban tensos, a pesar de que aquello sólo le ocurría cuando pasaba demasiado tiempo inclinada sobre sus esbozos. Se estiró, y tomó de nuevo el lápiz antes de darse cuenta de lo que significaba su dolor de espalda. Se sobresaltó al ver que eran las cinco y veinte, mucho más tarde de lo que había pensado.

Ahora tendría problemas de tráfico, justo lo que quería evitar, porque el calor hacía que la gente perdiese los nervios.

Se levantó, tomó el bolso, y apagó las luces. El edificio de enfrente no dejaba ver el sol, que estaba bajando, pero a pesar de ello entraba mucha luz por los cristales coloreados de las ventanas. Mientras salía de la oficina y cerraba la puerta, vio que Tom Quinlan hacía lo mismo. Elizabeth no lo miró, pero sintió que tenía los ojos clavados en ella y se tensó de manera automática. Quinlan siempre le producía aquel efecto. Era una de las razones por las que lo había dejado de ver, aunque no la más importante.

Tuvo la incómoda sensación de que había estado esperándola, y miró a su alrededor, pero no había nadie. Normalmente, el edificio estaba lleno de gente a aquellas horas, de modo que el silencio que los rodeaba se hacía aún más extraño. No era posible que fuesen los últimos. Pero su sentido común le decía que en efecto lo eran, que todos los demás habían tenido la sensatez de marcharse pronto a casa. No habría nadie entre ella y Quinlan.

Sintió los pasos de Tom a su espalda mientras se dirigía hacia los ascensores.

–¿Es que ya no merezco un saludo?

–Hola –dijo Elizabeth.

–Trabajas hasta muy tarde. Todos los demás se han marchado hace horas.

–Tú no.

–No –cambió súbitamente de tema–. Ven a cenar conmigo.

Su tono era más propio de una orden que de una invitación.

–No, gracias –replicó, al llegar a los ascensores.

Pulsó el botón rezando para que no tardara en llegar el ascensor. Cuanto antes estuviese lejos de aquel hombre mejor se sentiría.

–¿Por qué no?

–Porque no quiero. Sonó la campanilla y las puertas del ascensor se abrieron. Elizabeth entró, y él la siguió. Las puertas se cerraron e intentó pulsar el botón de la planta baja, pero Quinlan le retuvo la mano y se interpuso entrc ella y los botones.

–Sí que quieres, pero tienes miedo.

Elizabeth lo pensó, se encogió de hombros, y lo miró.

–Tienes razón. Tengo miedo. Y no quiero salir con hombres que me asustan.

A Quinlan no le gustó nada aquel comentario, aunque había sido él quien había sacado el tema a colación.

–¿Tienes miedo de que te haga daño? –preguntó con incredulidad.

–¡Por supuesto que no! –contestó, más relajada.

Sabía que no había dicho toda la verdad, pero era asunto suyo, algo que él parecía incapaz de comprender. Liberó su mano con rapidez.

–No quiero complicaciones, y tú eres una. No tengo tiempo para eso. Me temo que echarías mis horarios a perder.

Sus ojos se abrieron perplejos, y luego estalló.

–¡Por todos los diablos! ¿Me has estado evitando durante seis meses sólo porque no quieres que interfiera en tu agenda?

Elizabeth se encogió de hombros.

–¿Qué quieres que te diga? Todos tenemos nuestras prioridades.

Pulsó el botón, y el ascensor empezó a bajar.

Tres segundos después se detuvo violentamente. Elizabeth perdió el equilibrio y cayó sobre Quinlan. Sus brazos la sostuvieron impidiendo que se cayese, e interpuso su musculoso cuerpo para impedir que se hiciera daño. Al mismo tiempo, las luces se apagaron, dejándolos en la más completa oscuridad.

DOS

Las luces rojas de emergencia se encendieron casi de forma inmediata. La luz era tenue, algo irreal. Elizabeth no se podía mover. Estaba paralizada por una extraña mezcla de alarma y placer. Estaba tumbada sobre Quinlan, con los brazos instintivamente entrelazados alrededor de su cuello, mientras él la abrazaba.

Podía sentir el calor de su cuerpo a través de la ropa, y su olor le recordaba cierta noche en la que la ropa no había estado por medio. Lo deseaba, pero no podía aceptarlo, de modo que lo empujó bruscamente para poder liberarse. Durante unos segundos sus brazos intentaron impedírselo, atrayéndola, aplastando sus senos contra su pecho musculoso. La luz roja hacía que los ojos azules de Quinlan parecieran negros, pero incluso así podía ver en ellos su determinación y su deseo.

Consiguió tranquilizarse, e intentó librarse de nuevo de su abrazo, pero sin éxito. Casi al mismo tiempo Quinlan la soltó, notando su desagrado, y se levantó de un salto con un movimiento tan suave como poderoso. La tomó de los brazos y la levantó con una facilidad casi ridícula.

–¿Estás bien? ¿Te has hecho daño?

Elizabeth se estiró la falda.

–No; estoy bien. ¿Y tú?

Gruñó por toda respuesta, mientras abría la tapa que ocultaba el teléfono de emergencia. Levantó el auricular y presionó el botón para avisar a Mantenimiento. Elizabeth esperó, pero él no dijo nada. Sus oscuras cejas se juntaron, y finalmente colgó.

–No contesta nadie. Los de Mantenimiento deben de haberse ido a casa pronto, como todos los demás.

Elizabeth miró el teléfono. No tenía teclas;

sólo un botón. Estaba conectado únicamente con Mantenimiento, de modo que no podían llamar a ninguna parte.

De repente tuvo un presentimiento, y subió la cabeza.

–El aire se ha parado.

Alzo la mano para comprobarlo, pero no salía aire de los conductos de ventilación. La ausencia de ruido la había puesto sobre aviso.

–Se ha debido de cortar la electricidad –dijo él, centrando su atención en la puerta.

El aire que quedaba en la habitación empezaba a estar cargado. A Elizabeth no le gustaba aquella sensación, pero no quería dejarse llevar por el pánico.

–Probablemente no tardará mucho en volver a funcionar.

–En circunstancias normales estaría de acuerdo contigo, si no fuera por la ola de calor. Me temo que se trata de una sobrecarga del sistema, y si eso es cierto, tardarán varias horas en arreglarlo. Tenemos que salir. Esas luces son de las baterías, y no durarán mucho. Además, el calor irá en aumento, y aquí nos faltaran humedad y oxígeno.

Mientras hablaba, intentaba abrir la puerta

con los dedos, forzándola centímetro a centímetro. Elizabeth se sumó al esfuerzo, aunque sabía que podía arreglárselas solo. Pero no podía tolerar el modo que tenía de tratarla, haciéndola sentir completamente inútil.

Estaban atrapados entre dos pisos. Veían aproximadamente un metro de las puertas exteriores, en la parte inferior del ascensor. Lo ayudó a abrirlas, y antes de que pudiera decir nada, ya se había descolgado hasta el piso de abajo a través de la abertura.

Quinlan se volvió y alargó los brazos.

–Salta. Te agarraré.

Elizabeth dudó, algo insegura. Hacía mucho tiempo desde la última vez que había hecho algo tan atlético.

–Gracias, pero no necesito ayuda. Hacía gimnasia en la universidad.

Respiró profundamente, y saltó del ascensor con tanta facilidad como él, a pesar de sus tacones altos y de ir cargada con el bolso. Quinlan arqueó sus oscuras cejas, y la aplaudió en silencio. Elizabeth hizo una reverencia. Una de las cosas que encontraba más irresistibles en Quinlan era precisamente su sentido del humor. En realidad, era una de las muchas cosas que le gustaban de él, hasta el punto de que había olvidado su fuerza y su inclinación a controlarlo todo, al menos hasta que encontró aquel informe en su apartamento. Algo que no pudo pasar por alto.

–Estoy impresionado –dijo Quinlan.

–Yo también. Hacía muchos años que no saltaba –dijo en tono divertido.

–Estuviste en el equipo de gimnasia de la universidad, ¿no? No me lo habías dicho.

–No te lo dije, porque no estuve en el equipo. Era demasiado alta para ser buena. Pero estuve dando clases de relajación, y un poco de gimnasia de mantenimiento.

–Por lo que puedo recordar –dijo, con cierta indolencia–, tienes buena figura.

Elizabeth se alejó caminando hacia las escaleras dando la espalda a la situación. Podía sentir a Quinlan detrás de ella, como un gran animal que acechaba a su presa. Abrió la puerta y se detuvo.

El hueco de la escalera estaba completamente a oscuras. Ninguno de sus muros daba al exterior, pero en cualquier caso tampoco habría tenido ventanas. El recibidor era bastante. En aquel piso sólo había una oficina con ventanas interiores. Pero era aún peor. Dar un paso habría sido como arrojarse a un pozo, y un repentino instinto primario se lo impedía.

–No hay problema –dijo Quinlan, tan cerca que podía notar su respiración–. A no ser que tengas claustrofobia.

–No, pero es posible que la desarrolle ahora.

–No creo que se tarde mucho en llegar abajo. Estamos en el tercer piso, de modo que serán unos cuatro tramos de escaleras, y estaremos fuera. Sujetaré la puerta hasta que llegues a la barandilla.

Puesto que la única alternativa era quedarse allí, a esperar que volviera la electricidad, Elizabeth respiró hondo, como si fuese a bucear, y dio un primer paso en la oscuridad. Quinlan era tan grande que bloqueaba la luz, pero a pesar de ello se agarró a la barandilla y bajó un escalón.

–Bien, quédate ahí hasta que llegue a tu lado –dijo Quinlan, cerrando la puerta tras de sí.

Elizabeth tuvo la impresión inmediata de haberse quedado atrapada en una tumba, pero en menos de un segundo Quinlan estaba junto a ella, agarrando la barandilla con una mano mientras con la otra le sujetaba el brazo. Se sentía protegida por su fuerza, en medio de aquella oscuridad, con el aire viciado.

–No voy a caerme –aseguró, incapaz de mantener el tono de voz.

–Claro que no –replicó Quinlan con calma.

Él no la soltaría.

–Quinlan…

–Camina.

Puesto que era la vía más rápida para librarse de su abrazo, caminó. La oscuridad absoluta la desorientaba al principio, pero intentó imaginarse las escaleras. La distancia entre peldaño y peldaño, y logró bajar a una velocidad casi normal. Cuatro tramos cortos, había dicho. Dos tramos cortos, separados por un rellano, constituían un piso. Al final del cuarto tramo Quinlan la soltó, dio unos cuantos pasos y encontró la puerta que daba a la planta baja. Elizabeth se apresuró a entrar en el vestíbulo, iluminado por el sol. Sabía que sólo era su imaginación, pero sentía que podía respirar mejor.

Quinlan se acercó al mostrador del guarda jurado, que estaba vacío. Elizabeth frunció el ceño. El guarda siempre estaba allí, o al menos, siempre había estado allí, hasta aquel momento.

Al llegar al mostrador, Quinlan intentó abrir los cajones, pero estaban todos cerrados. Luego gritó para ver si había alguien, pero no obtuvo más respuesta que el eco de su voz.

Elizabeth gimió al darse cuenta de lo que había ocurrido.

–El guarda también debe de haberse ido pronto.

–Tiene la obligación de quedarse hasta que todo el mundo se haya marchado.

–Era un sustituto. Cuando llamó a nuestra oficina, Chickie le dijo que nos marcharíamos a tiempo, y al ver salir a los últimos, habrá supuesto que yo estaba entre ellos. ¿Llamó a tu oficina?

–Sí, y supongo que me ha pasado lo mismo que a ti –contestó Quinlan, cerrando los ojos.

Elizabeth no lo creía, pero no insistió. Caminó hacia la entrada, e intentó abrir la puerta, sin éxito. Estaban encerrados.

–Tiene que haber alguna forma de salir de aquí –masculló.

–No la hay –dijo Quinlan, con tono de desinterés.

Elizabeth lo miró fijamente.

–¿Qué quieres decir?

–Quiero decir que el edificio está completamente cerrado. Por razones de seguridad, todos los cierres se bloquean cuando hay un fallo eléctrico. Además, las puertas y las ventanas tienen cristales blindados. Aunque consiguiéramos comunicarnos con el servicio de guardia, y aunque enviasen a alguien, no podrían abrir hasta que no volviese la electricidad. Es como el mecanismo de las cajas fuertes de los bancos.

–Bueno, tú eres el experto en seguridad. Podrás sacarnos de alguna forma, anulando el sistema.

–No se puede hacer nada.

–Claro que se puede. ¿O estás admitiendo que existe algo que tú no puedas hacer?

Quinlan se cruzó de brazos y sonrió con cierta benevolencia.

–Lo que quiero decir es que yo diseñé el sistema de seguridad de este edificio y no puede anularse. Al menos, no hasta que vuelva la electricidad. Hasta entonces, ni yo ni nadie puede hacer nada.

Elizabeth respiró profundamente para calmar su enfado, más por la actitud de Quinlan que por las circunstancias en las que se encontraban. Detestaba su tono de superioridad.

–Vamos a llamar a la policía –dijo.

–¿Por qué?

–¿Cómo que por qué? ¡Estamos encerrados en este edificio!

–¿Es que estamos enfermos, o heridos, o en peligro? No es ninguna emergencia. Es algo sin importancia, molesto tal vez, pero créeme: tienen asuntos bastante más importantes que resolver. Y, en cualquier caso, tampoco pueden entrar. La única manera de salir de aquí es subir al tejado y que nos rescate un helicóptero, pero eso supone un gasto excesivo y demasiados problemas sólo para salvar a alguien que en absoluto está en peligro. Tenemos comida y agua de sobra. Lo más sensato es que nos quedemos aquí.

Elizabeth lo pensó, y aceptó a regañadientes que no tenía elección.

–Lo sé –dijo con un suspiro–. Pero me siento tan… atrapada.

–Nos divertiremos. Vamos a buscar algo de comida en las máquinas.

–Pero también son eléctricas.

–No he dicho que vayamos a usar dinero –replicó, mirándola–. En las actuales circunstancias, a nadie le importaría.

A Elizabeth sí le importaba. Odiaba cada minuto de aquella situación, y lo malo era que podía durar varias horas. Lo último que le apetecía era pasar más tiempo con Quinlan, pero no tenía otra opción. Intentaba relajarse, pero estaba más allá de sus posibilidades.

Se sentía incómoda con él, absolutamente tensa, por varias razones, la mayor de las cuales era el enfado por la manera que Quinlan había tenido de meterse en su vida. Pero había más. Se sentía culpable, sabiendo que le debía una explicación, pero decirle la verdad sería algo tan embarazoso como doloroso para ella. Se sentía triste, puesto que se había divertido mucho con él. Y, por último, lo deseaba. Sentía por él un profundo deseo que había intentado eliminar durante meses, incapaz de olvidar la noche que habían pasado juntos.

–No tenemos que preocuparnos por el aire –dijo él, mirando el vestíbulo de dos niveles–. Hace bastante calor, pero el aislamiento y las ventanas dobles impedirán que la temperatura suba demasiado. Estaremos bien.

Elizabeth calmó su agitación e intentó pensar con más claridad. No existía forma alguna de salir, de modo que sería mejor relajarse y estar lo más cómodos posible. En aquel caso, la comodidad significaba un calor soportable. Miró a su alrededor. Como había dicho Quinlan, había comida y agua, aunque tendrían que robarlas, y el vestíbulo tenía tantos muebles como para llenar varios salones. No les resultaría difícil improvisar dos camas con los cojines.

De todas formas, no quería pensar en ello. Miró hacia la puerta que daba a las escaleras y recordó que el aire caliente sube.

–Si abrimos la puerta, crearemos un efecto de chimenea que tal vez enfríe el ambiente –dijo.

–Buena idea. Voy a subir a mi oficina por

una linterna, y a ver si consigo sacar comida de la máquina. ¿Quieres que traiga algo de tu oficina?

Pensó en su oficina y se le ocurrieron varias cosas que podrían resultar útiles.

–Voy contigo.

–No tiene mucho sentido que subamos los dos, puesto que no hay luz en la escalera –dijo Quinlan con tono despreocupado–. Dime qué quieres que te traiga y te lo bajaré.

Era el Quinlan de siempre, pensó irritada. Quería hacerlo todo él, sin contar con ella para nada.

–Yo creo que es mejor que vayamos los dos. Tú puedes buscar lo necesario en tu oficina, y yo haré lo propio en la mía. Me parece que también tengo una linterna, pero no sé dónde.

–Esta vez son ocho tramos, no cuatro –advirtió mirando sus tacones altos.

Como única respuesta, Elizabeth se quitó los zapatos y arqueó las cejas. Quinlan la miró, pensativo, pero no se le ocurrió ninguna otra excusa y le hizo un gesto para que lo siguiese. Colocó un gran tiesto contra la puerta de la escalera, para impedir que se cerrase, con tanta facilidad como si fuese de cartón piedra. Elizabeth sabía bien lo mucho que pesaba, porque le encantaban las plantas y tenía la casa llena de macetas. Se preguntó cómo se sentiría alguien que tuviese tanta fuerza, que poseyese la confianza en sí mismo que tenía Quinlan, tan capaz de desenvolverse en cualquier situación y de resolver, al menos en apariencia, cualquier dificultad. En su caso, se trataba de algo más que simple confianza. Había cierta arrogancia, sutil pero indudable, en su comportamiento. La arrogancia callada del hombre que confía en su fuerza y en su capacidad. De pronto reparó en que no sabía nada del pasado de Quinlan. Nunca le había facilitado ninguna información personal, y sospechó que algunas de sus habilidades podrían resultar terribles.

Elizabeth empezó a subir las escaleras con mucha más facilidad que cuando las había bajado. Entraba bastante luz a través de la puerta abierta, y se podían ver perfectamente los dos primeros pisos. Pero de todos modos, la oscuridad ganaba terreno con cada escalón. Como había hecho antes, Quinlan le pasó un brazo tras la espalda, para agarrar la barandilla, aferrándose con la mano que tenía libre al codo de Elizabeth. Recordó que la mano de Quinlan siempre había estado allí, subieran o bajaran. Al principio le parecía placentero, pero con el tiempo aquella sensación se transformó en ahogo y, más tarde, en miedo. La posesividad de Quinlan la hacía sentirse insegura. Sabía hasta qué punto podía aquella actitud hacer que las cosas se le fuesen de las manos.

Dijo algo sólo para romper el silencio.

–Si alguno de nosotros fumase, tendríamos un encendedor para alumbrarnos.

–Si alguno de los dos fumase –dijo Quinlan secamente–, no tendríamos fuerzas para subir las escaleras.

Elizabeth rió, y luego se concentró en los escalones. Subir cinco pisos no le suponía ningún problema, pero era bastante cansado. Respiró hondo cuando llegaron al quinto piso y la oscuridad se hizo más opresiva. Quinlan se adelantó y abrió la puerta, dejando que entrase un débil rayo de luz.

Después, cada uno entró en su oficina. El sol estaba a punto de ponerse, y la luz rojiza entraba por las ventanas recordándoles que, en realidad, había pasado mucho tiempo desde que habían quedado atrapados en el ascensor. Una rápida mirada al reloj le dijo que apenas había transcurrido media hora.

Lo más importante era encontrar la linterna, de modo que empezó a buscarla en los cajones hasta que apareció. La encendió rogando que las pilas no se hubieran gastado, y comprobó que funcionaban. Chickie y ella solían prepararse el café en la oficina, puesto que resultaba más práctico, y sabía mejor, que el café de la máquina, de modo que tomó las tazas y las puso en el escritorio, junto a la linterna. Sería más fácil beber de ellas que hacerlo directamente de la máquina o del grifo, y sabía que a Chickie no le importaría que Quinlan bebiera de su taza. Más bien, todo lo contrario.

Como sabía que a su secretaria le encantaban los dulces, empezó a rebuscar en los cajones, y sonrió al encontrar un paquete de seis chocolatinas en que sólo faltaba una, otro intacto con galletas rellenas de higo seco, unos cuantos chicles, un caramelo de miel, y un pastel de arándanos. Sólo eran golosinas pero al menos no pasarían hambre. Después tomó dos de los cojines que decoraban la oficina, pensando que resultaría más cómodo como almohada que los duros cojines del vestíbulo.

Quinlan abrió la puerta y la miró. Se había quitado la chaqueta, y llevaba una bolsa negra de cuero. Miró hacia el montón de cosas que Elizabeth había conseguido y rió con suavidad.

–¿Has sido boy scout?

–Chickie es la responsable. Es una golosa.

–Recuérdame que le dé un fuerte abrazo la próxima vez que la vea.

–Creo que prefiriría que le consiguieras una cita con el motorista que vino esta tarde.

Quinlan rió de nuevo.

–¿Le gusta la aventura, eh?

–Le encanta. ¿Quién era? ¿Un cliente?

–No.

Adivinó que aquélla era toda la información que Quinlan estaba dispuesto a proporcionarle sobre el motorista. Como de costumbre, era extremadamente reservado en lo relativo a su negocio, ya se tratara de clientes o de empleados. En sus citas anteriores, siempre había intentado hablar sobre ella, demostrando gran interés por todos los detalles de su vida, pero evitaba decir nada en absoluto sobre sí mismo. No pasó mucho tiempo antes de que Elizabeth se cansase de ello. Podía entender que no quisiera hablar sobre ciertas cosas. Ella tampoco lo habría hecho al principio, pero el secretismo de Quinlan era tan absoluto que ni siquiera sabía si tenía algún pariente. Por otro lado, Quinlan se dio cuenta de que Elizabeth le ocultaba una parte de su vida, y había comenzado a hacerle preguntas cuando ella rompió su relación.

Había un chal de seda en el respaldo de una silla, de modo que Elizabeth lo tomó y lo extendió sobre la mesa para hacer un hatillo. Cuando comenzó a colocar las cosas en él, Quinlan lo señaló con un dedo y dijo:

–¿De verdad hay gente que compra chales

como ése sólo para colocarlos en el respaldo de una silla?

–Por supuesto. ¿Qué tiene de malo?

–Es un poco tonto, ¿no?

–Depende del punto de vista. ¿Te parece menos tonto que la gente se gaste cientos de dólares en colocar ruedas enormes en los coches o en los camiones, sólo porque quedan bien?

–Los coches y los camiones son cosas prácticas.

–También las sillas –dijo con sequedad, anudando las cuatro esquinas del chal–. Ya está.

–Ya que hemos subido, deberíamos sacar comida de las máquinas, en vez de quedarnos sólo con lo que tienes aquí. No tiene sentido subir cada vez que necesitemos algo de comer.

Elizabeth le lanzó una mirada dudosa.

–¿Crees que vamos a pasar aquí tanto tiempo como para necesitar esa comida?

–Lo más probable es que no, pero es mejor que sobre. Siempre podremos devolver lo que no nos comamos.

–Tienes razón –admitió.

Quinlan se volvió para abrirle la puerta, y Elizabeth descubrió, sobresaltada, una pistola negra en su cinturón.

–Dios mío –exclamó–. ¿Para qué quieres eso?

TRES

Quinlan arqueó las cejas.

–Para lo que haga falta –dijo, con mucha calma.

–¡Gracias por tranquilizarme! ¿Es que esperas que tengamos algún problema? Creí haber entendido que el edificio estaba completamente cerrado.

–Está cerrado, sí, y no creo que tengamos ningún problema. Pero eso no significa que no deba estar preparado por si lo tenemos. No te preocupes. Siempre voy armado, de una u otra forma no lo habías notado hasta ahora.

Elizabeth lo miró.

–Tú no sueles llevar pistola.

–Siempre la llevo. Y no lo habrías notado si no me hubiera quitado la chaqueta.

–Pero no la llevabas la noche en que…

Elizabeth no terminó la frase. Quinlan lo hizo por ella, mirándola intensamente con sus ojos azules.

–¿La noche en que hicimos el amor? No. Esa noche no la llevaba. Sabía que haríamos el amor, y no quería asustarte. Así que guardé la pistola en la guantera antes de ir a buscarte. Pero tenía un cuchillo en la bota. Como hoy.

Respirar resultaba difícil. Se esforzó por aspirar un poco de aire, olvidando el asunto de la pistola. Le parecía aún más sorprendente lo que acababa de decir.

–¿Sabías que íbamos a hacer el amor?

Quinlan la obsequió con otra de sus miradas pensativas.

–Supongo que no querrás hablar de eso en este momento. Salgamos de aquí y volvamos al vestíbulo antes de que anochezca. Así no gastaremos demasiado las pilas de las linternas.

Era otra sugerencia lógica, excepto por el hecho de que no anochecía hasta las nueve, lo cual les daba tiempo de sobra. Elizabeth se apoyó en el escritorio, y se cruzó de brazos.

–¿Y se puede saber por qué no iba a querer hablar de eso?

–Supuse que no querrías. Te has pasado medio año evitándome, así que no creo que de repente quieras discutir el asunto en profundidad. Pero si me equivoco, por mí podemos hablar.

Sus ojos brillaron peligrosamente, y continuó.

–¿Acaso fui demasiado duro? ¿Cinco veces fueron demasiadas? No lo creo, porque pude sentir tus orgasmos –dijo con brusquedad–. Por no mencionar la forma en que cerrabas las piernas sobre mí, tan fuertemente que apenas podía moverme. Y sé muy bien que no ronco, ni hablo en sueños. De modo que ¿qué pasó para que te fueras corriendo?

Quinlan hablaba en voz baja y seca, y se había acercado tanto a ella que Elizabeth se veía obligada a subir la vista. Nunca lo había visto perder los nervios, pero supo por la rabia en sus ojos que estaba más cerca de perderlos de lo que nunca habría imaginado. Se sobresaltó un poco. No porque le tuviera miedo, o al menos no de aquel modo, sino porque no había pensado que hubiera dado tanta importancia a aquello.

Elizabeth se incorporó, dispuesta a no permitir que Quinlan llevase el peso de la conversación, haciéndola responsable a ella de todo, como en la mayoría de las ocasiones.

–¿Qué quieres decir? ¿Sabías que íbamos a hacer el amor esa noche? –preguntó, volviendo a la conversación original.

–Eso es lo que he dicho.

–¿Cómo podías estar tan seguro? Desde luego, yo no había planeado que ocurriera algo así.

–No. Pero sabía que no me rechazarías.

–Te crees muy listo, ¿verdad? –espetó, irritada por la permanente confianza de Quinlan en sí mismo.

–Sí. Pero no sé por qué desapareciste después de esa manera. ¿Por qué no quieres decírmelo? Podríamos arreglar el problema y volver al punto donde lo dejamos.

Elizabeth lo miró, sin moverse. Él se pasó la mano por el pelo, oscuro, de corte casi militar. Tenía tal control sobre sí mismo, que aquél había sido uno de los pocos gestos de irritación que podía recordar en él.

–De acuerdo –murmuró Quinlan–. Sabía que me ocultabas algunas cosas, tal vez porque no confiabas en lo que estaba pasando entre nosotros. Pero pensé que una vez que hiciéramos el amor, cuando ya me pertenecieras, confiarías en mí y dejarías de comportarte de ese modo.

Sin mirar, Elizabeth dejó caer los brazos y gritó:

–¿Que yo te pertenezco? ¿Qué quieres decir con eso? ¿Es que acaso me has comprado y no lo sé?

–¡Sí, me pertenecías! –respondió, también gritando–. Creía que nos casaríamos, que tendríamos hijos, y todo eso, pero te alejaste de mí. Yo no sabía por qué. De hecho, sigo sin saberlo.

–¿Casarnos? ¿Tener hijos? –estaba tan sorprendida que casi no podía hablar–. Y ni siquiera se te ocurrió decirme lo que estabas planeando, ¿no? No, no hace falta que me contestes. Lo decidiste tú y sólo tú, sin que te importaran mis sentimientos.

–Sabía cómo te sentías. Estabas enamorada de mí, y todavía sigues estándolo. Por eso no tiene ningún sentido lo que dices.

–Tal vez no para ti, pero yo lo tengo muy claro.

Elizabeth miró hacia otro lado, sonrojada. No había notado hasta qué punto resultaban evidentes sus sentimientos hacia Quinlan, aunque supo que se había enamorado de él casi de inmediato. Pero cuanto más difíciles habían resultado las cosas, más había luchado por olvidar la intensidad de sus sentimientos.

–Entonces, ¿por qué no me lo explicas? Estoy cansado. Dímelo, sea lo que sea. Te pido disculpas por lo que haya hecho. Estamos perdiendo el tiempo.

Su arrogancia le resultaba increíble, aunque desde el principio sabía que formaba parte de su carácter. Quinlan era, generalmente, un hombre tranquilo, pero con la tranquilidad de quien sabe que no tiene que demostrar nada, ni a sí mismo, ni a nadie más. Él había decidido poner fin a aquella situación y aquello era todo, al menos bajo su punto de vista. No bajo el de Elizabeth.

–Escúchame, Tom Quinlan –dijo furiosa–. No me importan los planes que hayas hecho. Bórrame de ellos. No quiero...

–No puedo –interrumpió.

–¿Por qué no?

–Por esto.

Vio el brillo de sus ojos y de forma inmediata se separó del escritorio, intentando escapar. Lo hizo rápidamente, pero él fue aún más rápido. Quinlan la agarró de las muñecas y le puso los brazos en la espalda, abrazándola al mismo tiempo. La fuerza de sus musculosos brazos la apretó contra su cuerpo. Lo había visto desnudo, de modo que sabía que su ropa ocultaba su verdadera fuerza, y que no tenía ninguna oportunidad de escaparse hasta que él no quisiera. Consideró que la mejor opción era no luchar, y se contentó con mirarlo enfurecida.

–Ojos de gato –murmuró él–. La primera

vez que te vi, supe que no eras una dama. Tus ojos te traicionan. Y tenía razón, gracias a Dios. La noche que pasamos juntos prueba que no te importa en absoluto lo que sea propio o no de una verdadera dama. Tienes algo salvaje dentro, y salió a la luz en mi cama. Deberías saber que de ninguna manera te dejaré escapar.

Quinlan estaba excitado. Podía notar su erección. Movía las caderas de forma suave, intentando que abriese las piernas para recibirlo. Resultaba tentador. Muy tentador. No podía negar que lo deseaba. Nunca lo había intentado. Pero tenía razón: no confiaba en él.

–No funcionará –dijo ella.

–Ya ha funcionado.

Sus palabras eran suaves, casi como un murmullo. Pudo sentir su aliento caliente, un segundo antes de que los labios de Quinlan se posaran en los suyos, inclinando la cabeza para conseguir que lo besara, que abriera la boca para él. No tenía intención de hacerlo, pero no pudo evitarlo. Desde el principio, sus besos le habían hecho sentir un intenso placer. La confianza en sí mismo era evidente incluso en aquello. No dudaba; lo hacía como si tuviera todo el derecho del mundo. La besó en la boca como si le perteneciera, introduciéndole la lengua hasta el fondo. Un escalofrío de placer recorrió el cuerpo de Elizabeth.

Apretada contra él, podía sentir la tensión de su cuerpo, notar su sexo. Nunca se había esforzado por ocultar su excitación. Aunque era algo evidente desde su primera cita, nunca la había presionado. Tal vez Elizabeth se enamoró de él entonces, porque le parecía tan natural como divertido que se excitase con tanta frecuencia, como si fuese una reacción lógica a su presencia. Nunca se había sentido amenazada.

De hecho, no tenía más remedio que admitir que Quinlan se había apartado de su camino para evitar que se alarmara. Nunca se había comportado de forma agresiva en lo relativo al sexo, a pesar de la evidente atracción que sentía. Y a ella nunca le había desagradado su actitud. Incluso la noche en la que hicieron el amor, Elizabeth no había imaginado la seriedad de sus besos hasta que se encontró desnuda con él en la cama. Sólo después descubrió que Quinlan quería algo más que acostarse con ella.

Sintió pánico al recordarlo, y separó su boca de la de Quinlan. Sabía que si no lo detenía a tiempo, estaría haciendo el amor con él antes de cinco minutos. La sensualidad de sus besos le parecía engañosa, puesto que la excitaba más y con mayor rapidez de lo que cabía esperar. Lo mismo había ocurrido aquella noche. La besó, y antes de que se diera cuenta, se había vuelto loca por él. Hasta entonces, no habría imaginado que pudiera sentir un placer tan intenso, tan cálido.

–¿Se puede saber qué ocurre? –murmuró Quinlan, mientras la besaba suave y repetidamente–. ¿No te gusta? ¿O es que te gusta demasiado?

Quinlan era muy perceptivo, y eso asustaba aún más a Elizabeth. Intentó librarse, y, para su sorpresa, él la soltó de inmediato, aunque sin alejarse.

–Dime cuál es el problema, mi amor –su tono era amable–. No puedo hacerlo bien si no sé qué te pasa.

Elizabeth le puso las manos en el pecho para separarse de él, y en aquel instante sintió su cuerpo cálido, cubierto sólo por una camisa de algodón. Podía sentir su respiración, la fuerza de su corazón que latía contra sus dedos.

–Quinlan…

–Dime –dijo, besándola otra vez.

Volvió a intentar zafarse de su brazo, desesperadamente. Se sentía muy excitada. Si no se lo decía, insistiría en seducirla, y Elizabeth no sabía cuánto tiempo podría resistirse.

–De acuerdo –dijo.

Le debía una explicación, al menos. No quería cambiar de opinión en cuanto a no verlo, pero merecía conocer sus motivos. Debería habérselo dicho antes, pero entonces lo único que quería era mantenerse lo más lejos posible de él.

–Te lo diré… después. No ahora. Tenemos que arreglarlo todo y bajar al vestíbulo.

–¿Dónde he oído eso antes? –dijo Quinlan enderezándose, algo divertido.

–Eso que acabas de decir no es muy educado que digamos.

–Tal vez no, pero es enormemente satisfactorio.

Elizabeth estaba nerviosa. Quinlan estaba sorprendido por la profundidad de sus miedos, porque no era algo que asociara con Elizabeth. Se preguntó cuál sería la causa, del mismo modo en que se había alejado de él de forma tan abrupta, después de pasar aquella noche en sus brazos. No le tenía miedo. Era una de las cosas que más le gustaban de ella. Para que encontrase atractiva a una mujer, tenía que ser inteligente, pero desafortunadamente, su inteligencia iba acompañada por una extraña percepción que la alejaba de él.

No podía hacer nada para borrar su imagen de hombre peligroso, porque no era capaz de perder las características, los hábitos, y los instintos que lo habían convertido en lo que era. Ni siquiera quería hacerlo. Formaba parte de él, tanto como sus huesos. Había tenido muchas relaciones superficiales y rápidas por la mera satisfacción física, pero en el fondo esperaba algo distinto. A pesar de que a veces la vida le había hecho pensar que sólo existían unas personas que podían ver lo que en realidad pasaba a su alrededor, y que la mayor parte de la gente estaba ciega, ahora quería sentir en su vida parte de la normalidad de la que disfrutaba la gente corriente. Quería tener una esposa y una familia, llevar una vida cómoda y segura. Y en cuanto conoció a Elizabeth, supo que había encontrado a la persona adecuada.

No se trataba de su aspecto, aunque se enamoró de ella en cuanto la vio. Era un poco más alta que la media, tan delgada como un junco, con el pelo liso y oscuro, normalmente recogido. Tenía el temperamento de un purasangre, y hasta que la conoció, nunca pensó que aquello le resultaría tan atractivo.

Pero fueron sus ojos los que lo cautivaron. «Ojos de gata», le había dicho, y era verdad. Aunque los tenía verdes, era más su expresión que su color lo que los hacía tan felinos. La naturaleza de Elizabeth se mostraba con claridad en aquellos ojos. Su aspecto distante, fuerte y frío, como el de un gato, parecía decir que no le tenía ningún miedo.

La excitación fue creciendo en su interior. Cuanto más la conocía, más apremiante era la necesidad de tenerla. Era inteligente, rápida, sarcástica, y con un gran sentido del humor que en ocasiones lo sorprendía con la guardia bajada, aunque le encantaba. Podía captar en ella una intensidad interior que lo atraía como un imán al hierro.

La intensidad de aquella atracción lo pilló desprevenido. Quería saberlo todo sobre ella, hasta sus recuerdos de infancia, aunque sólo fuera porque era un período de su vida que siempre le estaría vetado. Quería tener hijos con ella, y la posibilidad de tener una hija como Elizabeth, un querubín pequeño, de lengua rápida, fuerte y precioso, le parecía fascinante. El pensar sobre la infancia de Elizabeth hacía que esa posibilidad pareciera demasiado real.

Al principio Elizabeth hablaba abiertamente, con la leve arrogancia de quien no tiene nada que ocultar. Pero después Quinlan se dio cuenta de que ocultaba algo. No era nada concreto, nada definido. Era como si se apartara de él, como si hubiera levantado una barrera y no estuviera dispuesta a permitir que llegara más allá de cierto punto.

Pero su naturaleza y su formación le impedían mantenerse al margen. El distanciamiento de Elizabeth no tenía sentido, porque sabía de manera instintiva que ella sentía lo mismo que él. Lo amaba. Y si estaba escondiendo algo, quería saber de qué se trataba.

Contaba con suficientes recursos como para averiguarlo todo sobre la vida de cualquier persona. Investigó y se enteró de que había estado casada, pero su matrimonio había sido tan típico como breve, la clase de cosas que suelen hacer los universitarios, hasta que se dan cuenta de que no congenian.

Él también se había casado a aquella edad, de modo que entendía lo ocurrido. Pero se daba cuenta de que Elizabeth nunca hablaba de su matrimonio, ni siquiera lo había mencionado. Era demasiado bueno en su trabajo como para no darse cuenta de la importancia de aquel hecho, y había estado buscando una respuesta que le explicase el paréntesis en que Elizabeth encerraba aquellos dos años. Al mismo tiempo, sintiendo que intentaba alejarse de él, había hecho todo lo posible para cimentar su relación y llevarla a la cama, confiando en que el sexo derribaría sus barreras y haría que confiase en él por completo.

Pero no funcionó.

Elizabeth se marchó a la mañana siguiente, cuando él estaba en la ducha, y aquélla fue la última vez que estuvo a solas con ella.

Medio año perdido. Casi siete largos meses de noches interminables y frustrantes, tanto física como mentalmente. Ahora la tenía, a solas, y antes de que abandonara el edificio habría averiguado qué había ocurrido y lograría que volviera al lugar que le correspondía, junto a él.

CUATRO

–Vamos a ver qué conseguimos en las máquinas –murmuró Elizabeth, agarrando la bolsa de los dulces y dirigiéndose hacia la puerta.

Quinlan había permanecido allí, mirándola durante un largo rato.

Parecía que habían pasado varios minutos, pero en realidad no habían sido más de treinta segundos. Sus ojos azules tenían una curiosa expresión de depredador, y no se sentía con fuerzas para permanecer de pie frente a él, como una víctima propiciatoria, ni un momento más.

Quinlan salió, y ella cerró la puerta de su oficina tras de sí. Después, miró hacia el pequeño distribuidor.

–Y bien, ¿dónde están esas máquinas? –preguntó finalmente–. No soy una consumidora habitual de comida rápida, de modo que nunca las he usado.

–Hay una de bebidas al fondo –contestó–. Las de comida están en la compañía de seguros. Tienen una habitación especial para el esparcimiento de sus empleados, y no creo que les importe que la usemos.

Quinlan caminó por el pasillo, en dirección contraria a los ascensores, y Elizabeth lo siguió.

–¿Y cómo se supone que vamos a entrar? –preguntó ella, algo cáustica–. ¿Pegándole un tiro a la puerta?

–Si es necesario, sí –replicó, de buen humor–. Pero no creo que haga falta.

Elizabeth esperaba que no. Por lo que conocía, las aseguradoras no solían encontrar divertido determinado tipo de cosas. Podía imaginarse recibiendo una larga factura de daños y perjuicios y no le apetecía demasiado.

Quinlan se detuvo ante la puerta de la compañía de seguros. Abrió la cremallera de la bolsa de cuero y sacó una cajita parecida a la que Elizabeth usaba para el maquillaje. La abrió, y el parecido acabó ahí. En lugar de pinceles y brochas, había gran variedad de instrumentos de metal. Tomó dos de ellos. Introdujo el largo y delgado en la cerradura, y con el segundo empezó a hurgar en ella, con movimientos lentos y delicados.

Elizabeth permanecía a su lado, agachada para poder ver mejor.

–¿Podrías enseñarme a hacer eso? –preguntó completamente fascinada.

Las comisuras de los labios de Quinlan temblaron un poco, mientras seguía trabajando en la cerradura.

–¿Para qué? ¿Es que has descubierto que tienes madera de ladrona?

–¿Y tú? –contestó–. Yo diría que es un conocimiento muy útil, porque puede darse la posibilidad de tener que abrir una cerradura.

¿Y vas a empezar a llevar un juego de ganzúas en el bolso?

–¿Por qué no? –preguntó mientras apuntaba con el dedo hacia la bolsa de cuero–. Tú llevas uno.

–Pero esto no es un bolso. Ah…

Se interrumpió, satisfecho al comprobar que el cerrojo se había abierto. Tomó las ganzúas, las volvió a guardar dentro de la caja, y metió ésta en la bolsa. Después, con calma, abrió la puerta.

–Explícame la diferencia entre mi bolso y tu bolsa –dijo Elizabeth, mientras entraba en la pequeña y silenciosa oficina.

–La diferencia no estriba en la bolsa. La diferencia está en lo que lleva dentro.

–Ya veo. De modo que si tomo las cosas que llevo en mi bolso, y las pongo en tu bolsa de cuero, ¿se convertirá en un bolso?

–Vale –dijo–. De acuerdo, es un bolso. Lo que pasa es que los hombres no los llamamos bolsos. Los llamamos bolsas de mano, o simplemente bolsos de cuero.

–Lo mismo, pero con otro nombre –murmuró ella, triunfante.

–Ésa es una de las cosas que más me gustan de ti. Sabes ganar. No dudas ni un momento a la hora de llevar la contraria.

–Hay quien se lo merece y hay quien no

–comentó Elizabeth mirando a su alrededor, sin ver nada más que escritorios vacíos y pantallas de ordenador apagadas–. ¿Dónde está esa habitación?

–Por aquí.

Quinlan caminó por un corredor que estaba a oscuras y abrió la última puerta a la derecha.

La habitación tenía dos ventanas, de modo que había luz. Varias máquinas alineadas, contra la pared, ofrecían todo tipo de productos, café, refrescos, zumos y dulces. Había un microondas en un mostrador, y un frigorífico. También había un sofá de vinilo, dividido en partes, como los de los vagones del metro, y unas cuantas sillas colocadas alrededor de las dos mesas de cafetería.

–Mira qué hay en el frigorífico mientras abro las máquinas –dijo Quinlan–. A ver si queda algo de hielo. No lo necesitamos ahora, pero no estaría de más saber que podemos usarlo. Y hazlo tan deprisa como puedas para que no se caliente.

–Sé bastante sobre frigoríficos y cortes eléctricos –puntualizó Elizabeth.

Abrió el congelador, y salió una nube de

vapor frío. Había seis cubiteras llenas. Cerró la puerta con tanta rapidez como la había abierto.

–Hay hielo –dijo.

–Bien –exclamó Quinlan, que ya había abierto la máquina y estaba tomando paquetes de galletas saladas.

Elizabeth abrió el frigorífico, pero su contenido era decepcionante. Sólo una bolsa de papel grasienta, que prefirió no investigar, y una manzana, que sacó. Los compartimentos de la puerta tenían gran variedad de condimentos, nada apetecibles. Sería repugnante poner salsa de tomate en el dulce de miel.

–Sólo hay una manzana –dijo.

Quinlan dejó de llenar la bolsa de cuero.

–Bueno, tenemos pasteles, galletas, barras de caramelo, y lo que sacaste del escritorio de Chickie. Espero que mañana por la mañana hayamos conseguido salir del edificio, de modo que es suficiente. ¿Quieres un refresco, o un zumo? Hay agua abajo, así que no hace falta que abramos las máquinas de bebidas. Es una cuestión de gustos.

Elizabeth lo pensó un momento y luego negó con la cabeza.

–Me basta con el agua.

–Eso es todo, entonces. Vamos a acomodarnos abajo –dijo, después de cerrar la bolsa.

–¿Dejamos una nota?

–No hace falta. Ya arreglaré todo esto cuando se resuelva el problema de la electricidad y las cosas vuelvan a su cauce normal.

Bajar las escaleras les resultó bastante más fácil con la ayuda de una de las linternas, de modo que llegaron enseguida al vestíbulo, donde hacía mucho menos calor que antes. Elizabeth miró a través de los cristales oscuros de la entrada. La calle estaba desierta. De vez en cuando pasaba algún vehículo. Vio un coche de policía.

–Es extraño –murmuró–. Como si hubieran evacuado a todo el mundo.

–Si la electricidad no vuelve –dijo Quinlan con seriedad–, es posible que las cosas empeoren cuando se haga de noche y empiece a hacer frío. Por cierto, he intentado llamar desde mi oficina, para ver qué pasaba y hacer saber a alguien dónde estábamos, pero no lo he conseguido. Si hay un corte de corriente general en la ciudad, las líneas de teléfono deben de estar colapsadas. Pero he encontrado una radio de pilas, así que podremos escuchar las noticias.

–Enciéndela ahora –sugirió Elizabeth, sentándose en un sofá–. A ver si nos enteramos de lo que está sucediendo.

Quinlan abrió la bolsa de cuero y sacó una radio más pequeña que su mano. La encendió, y comenzó a buscar alguna emisora en el dial. De repente, surgió una voz, increíblemente clara para un aparato tan diminuto.

–La Guardia Nacional patrulla por las calles de algunos estados en prevención de incidentes...

–Vaya –murmuró Quinlan–. No suena muy bien.

–Aún no tenemos información suficiente –continuó el locutor–, pero intentaremos hacerles llegar en breve las últimas noticias referentes al apagón general que al parecer se ha producido en el sudeste y en la mayor parte de Texas.

–No soy ningún experto –dijo un segundo locutor–, pero hasta yo sé que el sur del país lleva dos semanas sumido en una inmensa ola de calor, e imagino que la demanda de electricidad ha podido sobrecargar el sistema. ¿Tenemos alguna declaración del gobernador?

–Aún no, pero ya se han arreglado las líneas telefónicas. De todos modos, rogamos a los ciudadanos que no usen el teléfono salvo en caso de emergencia. Resulta imposible comunicar con la policía si la gente se dedica a llamar a sus amigos para decirles que no tiene electricidad. Créanme, ya lo saben.

El segundo locutor siguió hablando.

–Recuerden las precauciones que durante las dos últimas semanas ha recomendado tomar el Departamento de Sanidad. Tengan en cuenta que, sin ventiladores ni aire acondicionado, la situación es aún peor. No se expongan al sol, de no ser necesario. Abran las ventanas de sus casas, para ventilarlas, y beban gran cantidad de líquidos mientras dura el corte de corriente. Procuren no desplazarse en lo posible, y conservar energía.

–Estaremos en el aire toda la noche –dijo el primer locutor–, hablándoles sobre el apagón. Si durante la emisión recibimos alguna noticia, se la transmitiremos inmediatamente desde…

Quinlan apagó la radio.

–Bien, ahora sabemos qué es lo que ha pasado –dijo con calma–. Será mejor que no gastemos las pilas.

Elizabeth lo miró con incredulidad.

–¿Qué? ¿Quieres decir que no tienes pilas de repuesto?

–No es mi radio.

Quinlan no consideró necesario añadir que, si hubiera sido suya, habría tenido pilas de repuesto. Elizabeth deseó que la radio fuera de Quinlan. Y deseó también haberse marchado a tiempo del edificio, aunque tampoco estaba segura de no encontrarse peor en el salón de su casa. Evidentemente, se encontraba más segura en un edificio cerrado.

La magnitud del problema resultaba apabullante.

No se trataba de algo que pudiera arreglarse en un par de horas. Era posible que al día siguiente, a la misma hora, continuaran encerrados.

Elizabeth miró a Quinlan.

–¿Estás seguro de que estamos a salvo del calor aquí?

–No del todo, pero dentro de lo que cabe, sí. Estaremos bien. Tenemos agua, que es lo más importante. De hecho, estamos tan cómodos como la gente de la ciudad, excepto en los pocos lugares donde dispongan de generadores de emergencia. Y si empezamos a tener demasiado calor, nos quitamos algo de ropa.

El corazón de Elizabeth dio un vuelco. Su pulso se aceleró y de inmediato empezó a sentir un incómodo calor. Los músculos de su estómago se tensaron al pensar que podría estar desnuda en la oscuridad con él, pero en el fondo era deseo lo que sentía. Mientras mentalmente estaba preocupada, su cuerpo recordaba el intenso placer que le hacía sentir Quinlan. Se volvió hacia las ventanas para que él no pudiera ver su expresión. La visión de los cristales le hizo pensar en otra cosa, y cambió la conversación.

–Cuando anochezca, ¿podría vernos alguien desde fuera si encendemos una linterna? ¿Funcionan de noche los cristales oscuros?

–Cualquiera que mirara con detenimiento podría notar que hay luz –dijo pensativo–, pero nadie podría vernos.

La posibilidad era suficiente. Elizabeth había pensado en llevar las cosas más cerca de la entrada, pero decidió alejarse más. El vestíbulo tenía varias zonas de descanso, muy cómodas, y escogió una en el centro. Era bastante íntima, con plantas que le llegaban por la cintura, y que creaban el ambiente de una pequeña alcoba. Estaba cerca de los cuartos de baño. Lo que hacía que fuese la mejor elección.

Puso la comida en una mesita baja, mientras Quinlan empujaba los sofás para hacer más espacioso el lugar. Luego recogió varios cojines y los dejó a mano, para hacer camas con ellos cuando quisieran dormir. Elizabeth clavó la vista en ellos. No estaba segura de poder cerrar los ojos con Quinlan tan cerca, y tampoco lo estaba de que fuese apropiado ponerse a dormir.

Alzó los ojos y descubrió que él la estaba mirando. Sin apartar la vista, Quinlan se deshizo el nudo de la corbata y se la quitó. Después se desabrochó la camisa hasta la cintura, y se subió las mangas. Eran acciones lógicas, prácticas, pero la visión de su pecho velludo y musculoso, junto con su duro estómago, causaron una reacción en ella que nada tenía que ver con el sentido común.

–¿Por qué no te quitas las medias? –sugirió Quinlan en voz baja, suavemente–. Tienen que darte muchísimo calor.

Era cierto. Elizabeth dudó, y luego decidió que las medias de nylon no la protegerían de él. Era decisión suya. Quinlan no era un violador. Si ella decía que no, él jamás la forzaría. Nunca había temido tal cosa. Su único miedo estribaba en no ser capaz de decirle que no. Era una de las razones por las que lo había evitado en los últimos meses. De modo que dejarse las medias puestas, o quitárselas, no la protegería ni de hacer el amor ni del riesgo de perder el control. Se trataba, simplemente, de una cuestión de comodidad.

Tomó la linterna, se fue al cuarto de baño, y comenzó a quitarse las medias junto a uno de los lavabos. Hacía calor en la habitación y el aire estaba cargado, de modo que se apresuró y de inmediato se sintió más aliviada. Abrió el grifo del agua fría, y puso las muñecas bajo el chorro para refrescarse. Después, mojó una de las toallas de papel y se limpió la cara. Ahora se sentía mucho mejor.

Respiró profundamente varias veces, y se quedó un rato en silencio. Ya estaba dispuesta a afrontar la noche con Tom Quinlan. Con las medias en una mano y la linterna en la otra, volvió al vestíbulo.

Él estaba esperándola, sentado tranquilamente en uno de los sofás, y sus ojos azules la miraron con la misma intensidad con la que un tigre mira a la presa que ha escogido.

–Ahora –dijo Quinlan–, vamos a hablar.

CINCO

El corazón de Elizabeth se aceleró. Casi perdió la compostura mientras caminaba hacia los sillones para sentarse, pero se controló. Hasta cruzó las piernas y se sentó en una postura tan informal como la de él.

–De acuerdo –contestó con calma.

La miró de nuevo analizándola, como intentando decidir cómo debía manejarla. A Elizabeth le molestó la idea de ser manejada, pero se obligó a calmar su irritación. Sabía hasta qué punto podía Quinlan ser persistente, cuando quería. Debía mantener ordenados sus pensamientos, y no dejar que la enfadara.

Él la miró en silencio, y Elizabeth supo qué quería. Había planteado una pregunta, y esperaba la respuesta.

Elizabeth no pudo contener un atisbo de enfado, aun después de todos los meses transcurridos, al recordar el motivo de su distanciamiento. Lo miró fijamente y decidió explicárselo sin rodeos.

–Encontré el informe que tenías sobre mí –dijo vocalizando en extremo las palabras–. Estuviste investigándome.

–Ah –dijo Quinlan, llevándose las manos a la cara y mirándola por encima de ellas–. Así que era eso.

Guardó silencio durante unos segundos y luego dijo:

–Por supuesto que lo hice.

–¿Cómo que por supuesto? Invadiste mi intimidad.

–Como tú invadiste la mía –la interrumpió con calma–. Ese informe no estaba a la vista.

–No. Busqué en tu escritorio –admitió sin dudarlo.

–¿Por qué?

–Me sentía rara contigo. Buscaba algunas respuestas.

–¿Y por qué no me preguntaste? –sus palabras eran tan afiladas como un estilete.

Ella sonrió sin un atisbo de alegría.

–Lo hice. Muchas veces. Eres especialista en evadirte de todo tipo de preguntas. Me he acostado contigo, y no sé más de ti ahora que lo que sabía el día que te conocí.

Quinlan insistió.

–¿Por qué te sentías incómoda? Nunca te he asustado, nunca te he presionado. Sabes que dirijo mi compañía, que soy solvente y que no huyo de nada.

–Ya has vuelto a hacerlo –puntualizó Elizabeth–. Tu habilidad para evadirte es extraordinaria. Me llevó cierto tiempo descubrirlo, pero después me di cuenta de que tú nunca contestas mis preguntas. Siempre respondes, es cierto, pero lo haces con otra pregunta y te olvidas de la mía de forma sistemática.

Quinlan la miró un momento y siguió hablando.

–No me interesa hablar sobre mí. Ya conozco los detalles.

–Pero según parece, eso no es válido para mí, ¿no? –preguntó Elizabeth con dulzura–. Quería saber cosas sobre ti, pero nunca llegaba a ninguna parte. Y sin embargo, yo no te he investigado.

–No me habría importado que lo hicieras.

Quinlan pensó que en cualquier caso no habría encontrado mucho sobre él. Los grandes acontecimientos de su vida, después de su graduación, no podían encontrarse en registros públicos.

–Pensé que era asunto tuyo.

–¿Y eso es todo? Entras en mi vida, y después rompes nuestra relación porque te molesta que te haya investigado. ¿Por qué no me gritaste, o me lanzaste algo, simplemente? Por Dios, Elizabeth, ¿No crees que fuiste demasiado lejos?

Su tono revelaba al mismo tiempo la incredulidad y el enfado. Al parecer, consideraba que la reacción de Elizabeth había sido histérica y desmesurada.

Elizabeth intentó controlarse, momentáneamente paralizada por la situación ya familiar de oír cómo Quinlan le echaba la culpa de todo. Ocurriese lo que ocurriese, ella era siempre la responsable, por no ser suficientemente buena. Desechó sus recuerdos. No dejaría que nadie volviera a tratarla así.

Sabía que no había manejado muy bien el asunto, pero sólo en cuanto al método. La cuestión principal le parecía fuera de toda duda.

Su voz sonaba fría cuando contestó.

–No, no creo que fuera demasiado lejos. Me sentía incómoda contigo desde hacía mucho tiempo. Saber que me habías estado investigando fue la gota que colmó el vaso, pero no fue la única razón.

–¿Por qué no te contesté unas cuantas preguntas? –preguntó, de nuevo con incredulidad.

–Entre otras cosas.

–¿Cómo cuales?

–Como tu costumbre de encargarte de todo, de despreciar mis objeciones o mis preguntas como si no hubiera dicho nada.

–¿Objeciones a qué?

Ahora sus palabras sonaban afiladas como un cuchillo. Sus ojos azules estaban entrecerrados y brillantes. Un poco sorprendida, Elizabeth se dio cuenta de que Quinlan estaba enfadado de nuevo.

Movió la mano con un gesto vago.

–Muchos detalles. No llevo el inventario.

–Me sorprende totalmente –murmuró.

–Pero siempre estabas excediéndome. Si yo intentaba ir de compras, tú insistías en que esperase hasta que pudieras venir conmigo. Si yo quería ponerme un jersey cuando íbamos a salir, tú insistías en que me pusiera una chaqueta. Por todos los diablos, Quinlan, ¡hasta has intentado que me cambie de banco!

–Tu banco está demasiado lejos –dijo subiendo las cejas–. El que te sugerí es mucho más conveniente.

–¿Para quién? Estoy muy contenta con mi banco, de modo que no me resulta inconveniente, ¿de acuerdo?

–Bueno, pues no te cambies de banco. ¿Cuál es el problema?

–El problema –dijo Elizabeth despacio, escogiendo las palabras–, es que tú quieres tomar todas las decisiones, manejarlo todo. No quieres una relación. Quieres una dictadura.

Durante un momento, Quinlan rió tranquilamente, con las piernas estiradas. Y al momento siguiente, estaba de pie de frente a ella, apoyado en los brazos del sofá, cercándola. Elizabeth lo miró, parpadeando ante la furia controlada de su rostro, pero se negó a dejarse intimidar, y en lugar de aquello le devolvió la misma mirada.

–¡No te creo! –exclamó Quinlan, casi gritando–. ¿Rompiste nuestra relación porque quería que te cambiases de banco? Dios mío.

Se separó del sofá donde estaba sentada Elizabeth y se quedó de pie un poco más lejos, moviendo una mano en el aire.

–No –gritó ella–. ¡Me marché porque me negaba a que controlases mi vida!

Se sintió incapaz de permanecer sentada, y se levantó. De forma instantánea, Quinlan tuvo una de sus rápidas y repentinas reacciones y la agarró de los brazos atrayéndola hacia sí, tan cerca que podía ver las estrías de los iris de sus ojos azules, tan cerca que podía sentir el olor masculino de su cuerpo. Las ventanas de su nariz se abrieron un poco de manera instintiva, aunque intentaba librarse de su abrazo.

–¿Por qué no me dijiste que habías estado casada?

La pregunta era amable, e incluso comprensible, pero le resultó insultante. Él conocía la respuesta. Estaba en aquel maldito informe.

–No es algo que esté en mi lista de conversaciones habituales –contestó–. Pero tampoco es un secreto de estado. Si nuestra relación hubiera progresado, te lo habría dicho. ¿Qué se suponía que debía hacer? ¿Contarte todo mi pasado al minuto siguiente de conocerte?

Quinlan la miró con atención. Tan cerca como estaban, podía percibir cada detalle de la expresión de su rostro, de modo que había notado su más que elocuente vacilación, a pesar de que había contestado con aparente seguridad. Luego había algo más.

–¿Y hasta dónde querías que llegase nuestra relación? –preguntó Quinlan, hablando aún con dulzura–. No estábamos viéndonos con nadie más. Ni siquiera hicimos el amor hasta aquella última noche, aunque habíamos estado a punto muchas veces.

–Y yo tenía dudas sobre ti incluso entonces –replicó Elizabeth, tan dulcemente como él.

–Tal vez, pero eso no evitaba que me deseases, igual que ahora.

Quinlan inclinó la cabeza y la besó, de manera dulce y persuasiva. Elizabeth intentó separarse de él, pero era incapaz de zafarse, aunque él tenía cuidado de no hacerle ningún daño.

–Estate quieta –dijo él, contra sus labios.

Elizabeth apartó la cabeza, desesperadamente. Quinlan la atrajo a la fuerza, pero en lugar de besarla, dejó sus labios a escasos milímetros de los suyos.

–¿Por qué no me lo dijiste? –murmuró él.

Elizabeth podía sentir en los labios su cálido aliento, que la hacía temblar. Con su perseverancia habitual, Quinlan había tomado una decisión, y no la dejaría marchar hasta haber obtenido una respuesta. Los antiguos miedos empezaron a crecer de nuevo en ella, y presa del pánico pugnó por escaparse, pero él la redujo con facilidad, atrapándola en un cálido y largo abrazo del que no podía librarse.

–¿Qué ha pasado? –preguntó Quinlan, dándole pequeños besos en la boca mientras hablaba–. ¿Qué te ha hecho vacilar cuando lo he mencionado? Dímelo ahora, necesito saberlo. ¿Es que tu marido te engañaba?

–No.

Ella no quería contestar, pero de algún modo, atrapada por aquellos brazos de hierro y atraída por su cálida seducción, la palabra se le había escapado, en un susurro. Al escucharse, tembló.

–¡No! –dijo con más firmeza, luchando para recobrar el control–. No me engañaba –«si lo hubiera hecho», pensó, «si su instinto destructivo se hubiera expresado de esa forma, casi habría sido mejor»–. Para, Quinlan. Suéltame.

–¿Por qué has empezado a llamarme Quinlan? –hablaba en tono suave y calmado, mientras seguía posando su boca en la boca de Elizabeth, con suaves y rápidos besos–. Antes me llamabas Tom, cuando hacíamos el amor.

Ella había empezado a llamarle Quinlan en un esfuerzo por distanciarse de él. No quería pensar en él como en Tom, porque estaba para siempre ligado en su memoria a la noche en la que se había aferrado a sus hombros desnudos, alzando el cuerpo enfebrecido de placer mientras gritaba su nombre una y otra vez, con necesidad, con deseo, en plena consumación. Tom era el nombre de su amante. Quinlan era el hombre del que había huido.

Y con Quinlan debía hablar ahora, con el hombre que nunca cedía. Él insistió, dándole beso tras beso hasta que Elizabeth dejó de resistirse y abrió finalmente los labios, con un gemido. De manera inmediata, sintió su lengua en la boca, y un intenso placer los hizo temblar a ambos.

La mano cálida de Quinlan se cerró sobre uno de sus senos, con delicadeza. Ella gimió, e intento resistirse con desesperación. Estaba seduciéndola con la misma intensidad que la primera vez, y ya entonces se había dado cuenta de que no podía encontrar las fuerzas suficientes para marcharse. Lo amaba demasiado, le gustaban demasiado sus besos, lo deseaba con demasiada fuerza, sentía demasiado placer bajo aquellas duras manos.

La presión de sus dedos endureció sus pezones de manera automática, a pesar de las capas de tejido que los separaban de él. La besó con más ahínco mientras desabrochaba los botones de su blusa c introducía una mano bajo ésta, y después bajo su sujetador, hasta llegar a sus pechos. Sintió un escalofrío cuando los dedos de Tom encontraron sus pezones, enviando una cascada de sensaciones hacia su cintura. Su gemido fue tenue, más una vibración que un sonido, pero Quinlan estaba tan integrado en ella que lo sintió como una descarga eléctrica.

Elizabeth se sintió desfallecer cuando las manos de Quinlan le quitaron el sujetador. Luego empezó a besarle el pecho, excitando sus pezones con la lengua, triunfante y fuera de sí por la manera en que ella respondía a sus estímulos. Ella lo deseaba. Se había dicho en multitud de ocasiones que no se había equivocado aquella noche, pero los seis meses pasados en blanco lo habían llenado de dudas. Ahora sabía que estaba en lo cierto. Apenas la tocaba y temblaba de excitación, necesitándolo, entregándose.

Se separó de sus pechos y volvió a besarla. La amaba. Ninguna mujer lo había hecho sentirse nunca como Elizabeth, tan completamente enamorado.

Quería hacer el amor con ella inmediatamente, pero aún quedaban demasiadas preguntas sin responder. Si no era capaz de aclarar las cosas ahora, podrían pasar otro seis meses hasta que volviera a tener otra oportunidad. Era algo que no podía permitirse.

Se alejó de su boca, aunque todos sus instintos le pedían que continuara. Sabía que no sería fácil, pero quería respuestas. No podía esperar.

–Dime –murmuró mientras la besaba lentamente en el cuello, observando la respuesta de su cuerpo–. Dime qué hizo él para que huyeras de mí.

SEIS

De nuevo, Elizabeth intentó separarse, pero él la controlaba con tanta facilidad que una vez más sus esfuerzos fueron inútiles. A pesar de ello, puso las manos sobre sus hombros y empujó tan fuerte como pudo.

–¡Suéltame!

–No –su negativa fue clara y concisa–. Deja de luchar y contéstame.

No podía hacer ninguna de aquellas cosas, y sintió pánico no tanto por Quinlan como porque no quería hablar de su matrimonio con Eric Landers. No quería hablar sobre ello, ni revivir ciertos recuerdos de aquel infierno. Pero Quinlan estaba tan obcecado que no la dejaría hasta haber obtenido una respuesta. Lo conocía, sabía que había intentado conocer cada detalle de su vida, y no podía hacerle frente.

Tal vez fue el instinto de supervivencia lo que la obligó a relajarse en sus brazos, descansando sobre él, asiendo sus hombros en lugar de empujarlos. Podía sentir la tensión en el cuerpo de Quinlan ante su repentina capitulación. Notaba cada uno de sus músculos como si hubiera estado en una posición inadecuada durante largo rato. Su cadera rozó el sexo endurecido de Quinlan. Resultaba tan familiar, tan insoportablemente seductor, que la tentación de su sexualidad la empujaba a acercarse, excitada.

Él percibió el cambio. Casi pudo verlo de forma inmediata reflejado en su rostro. Había pasado de luchar contra él a entregarse por completo. Su cuerpo estaba tenso, moviéndose contra él en un sutil ruego. Quinlan maldijo al notar que Elizabeth luchaba contra la respuesta de su cuerpo. Era una batalla perdida de antemano. La deseaba con demasiada intensidad, desde hacía mucho tiempo, de modo que la conversación aplazada debía esperar. Ella ganaba por el momento. Lo único que sabía era que por fin la tenía entre sus brazos, que cada uno de sus movimientos ocultaba una ansiedad irrefrenable. Ni siquiera intuía qué había ocurrido para que cambiase de actitud tan de repente, pero en aquel momento no le importaba mucho. Ya era suficiente que estuviese de nuevo con él, como lo había estado la noche que pasaron juntos, la noche que no había podido borrar de su memoria. Había pasado demasiadas noches en vela; había acumulado demasiada angustia desde entonces, recordando aquel momento y esperando tener otra oportunidad, lleno de dolor y de enfado por su frialdad inexplicable.

Sin embargo, de aquella frialdad ya no quedaba nada. Podía sentir su calor, cómo vibraba bajo sus manos. Las caderas de Elizabeth se contoneaban en un rito arcano, y un gemido se ahogó en su garganta cuando encontró lo que buscaba, mientras sus piernas se entreabrían ligeramente para acoger su miembro.

La agarró del pelo y echó su cabeza hacia atrás, apasionadamente.

–¿Es esto lo que quieres? –preguntó Quinlan, intentando controlarse sin perder la concentración.

Todo estaba ocurriendo tan deprisa que quería estar seguro antes de continuar, antes de que Elizabeth volviese a moverse y traspasar de manera definitiva el punto sin retorno. No se sentía así desde que era un quinceañero, con aquel deseo desbocado corriendo por sus venas. Ya no le importaba lo más mínimo el motivo de aquel cambio. Lo único que quería era hacerle el amor.

Elizabeth tardó un poco en responder. Estaba a punto de decir que no, cuando clavó las uñas en sus hombros y dijo:

–Sí.

Sus sentidos se agudizaron cuando Quinlan la depositó en el suelo.

–El sofá... –murmuró.

Pero Quinlan se puso sobre ella y se olvidó de todo. Su táctica inicial había consistido en un esfuerzo desesperado por distraerlo, pero su propio deseo la había cegado, con tal intensidad que no le quedaban defensas. Lo había deseado durante mucho tiempo. Había pasado cientos de noches oscuras e interminables sin poder conciliar el sueño, incapaz de apartarlo de su mente, deseándolo y temiéndolo con la misma intensidad. El hecho de estar de nuevo en sus brazos resultaba casi doloroso, de modo que prefirió dejar a un lado todas las razones que había acumulado para evitar que ocurriera. Más tarde o más temprano, debería afrontar lo inevitable. De momento, todo lo que quería se llamaba Tom Quinlan.

A él le resultaba difícil controlar el deseo. Era demasiado urgente e intenso. Le levantó la falda hasta la cintura y le quitó las braguitas. Elizabeth abrió las piernas para recibirlo. El movimiento de Quinlan al desprenderse de su ropa interior fue igualmente suave.

Elizabeth dejó escapar un grito cuando la penetró, de forma rápida y seca. Sus caderas se arquearon, aceptándolo, atrayéndolo hacia su interior. Un sonido gutural vibró en el pecho de Quinlan. La agarró de la parte trasera de los muslos, levantándole las piernas, y empezó a moverse de forma rítmica.

A ella le encantaba. Se sentía llena. Gimió cuando aquella pulsación le recorrió todo el cuerpo casi de inmediato, algo que sólo había sentido con él, y que no volvería a experimentar con ningún otro. Había intentado olvidar aquellas sensaciones, para poder defenderse de él, pero no era posible, y se preguntó amargamente por qué las trampas más peligrosas tenían siempre el sabor más dulce.

Cegado por la furia de su deseo, la sujetó por las caderas, moviendo todo su cuerpo con sus fuertes manos. Elizabeth era vagamente consciente del duro suelo sobre el que se apoyaba, lastimándose los hombros. Se sentía completamente dominada por su sensibilidad desbordante cuando Quinlan aceleró las acometidas, más convulsivas y violentas ahora. De forma instintiva, se abrazó a él, rodeándolo con los brazos y las piernas. Los gemidos se hicieron más bajos, mas rítmicos, y finalmente él se relajó tumbándose sobre ella, presionándola con su peso contra el suelo.

Sólo su respiración rompía el silencio del enorme y oscuro vestíbulo. Notó cómo el ritmo de los latidos de Quinlan descendía más y más contra sus senos. Sus cuerpos estaban fundidos.

Sólo el sonido de sus respiraciones rompía

el silencio que reinaba en el gran vestíbulo. El peso de Quinlan la presionaba contra el suelo, y sus cuerpos se derretían en todos los lugares en que la piel desnuda rozaba la piel desnuda. Elizabeth sentía una humedad interior que le recordó que habían completado el acto sexual de manera frenética, olvidando tomar ninguna precaución.

Sintió pánico por un momento, pero luego se calmó. Acababa de terminar su ciclo menstrual, y resultaba difícil que pudiese quedarse embarazada. De pronto se vio asaltada por una extraña sensación de pérdida, casi de nostalgia, como si en aquel momento de pánico la posibilidad más remota hubiera sido una certeza.

–¿Elizabeth?

No abrió los ojos. Aún no quería enfrentarse a la realidad, ni tener que soltarlo, a pesar de que pronto se vería obligada a hacerlo.

Quinlan se incorporó, apoyándose en los codos, y ella sintió aquella mirada penetrante y azul una vez más, a pesar de que sus ojos permanecían cerrados.

Los músculos de Quinlan temblaban. Elizabeth intentó abrazarlo, pero él se apartó.

Contuvo la respiración, atenta al pequeño espacio que los separaba. A su pesar, el suave roce de sus cuerpos le produjo una descarga de sensaciones que hicieron que sus caderas sufriera un temblor leve pero incontrolable. El rostro de Quinlan tenía una extraña expresión de satisfacción sexual, algo somnolienta. Pensó que seguramente ella tenía el mismo aspecto, pero los ojos de Quinlan eran los de un depredador que ya hubiera atrapado la presa pero aún no la hubiera conquistado.

Como siempre, su astucia le molestaba. Lo miró, desafiándolo a que intentara convencerla de que lo que acababan de hacer era más que un simple acto sexual, sin trascendencia ni futuro.

Quinlan sonrió al incorporarse. Se arrodilló, se subió los pantalones, y se cerró la cremallera con un sonido chirriante y metálico. Luego se agachó y la puso en pie sin esfuerzo. Su falda, que había estado levantada alrededor de su cintura, volvió a su posición correcta, y Elizabeth cerró las piernas, instintivamente.

Quinlan se quitó la camisa y se la tendió a

ella. Luego volvió a agacharse y recogió las braguitas, que estaban en el suelo.

–Quítate esa ropa y ponte mi camisa –dijo, con la ropa de Elizabeth en las manos–. Hace más calor ahora. Estarás más cómoda con algo más ligero.

Elizabeth se volvió en silencio, tomó la linterna y se dirigió hacia el servicio de señoras. La temblaban las rodillas, por la violencia de su posesión. No le había hecho daño, pero se sentía como si aún lo tuviera dentro.

Se miró al espejo. La luz de la linterna confería a su imagen un aura fantasmal, y sus ojos parecían oscuros y mucho más grandes. Llevaba el pelo suelto y alborotado. Se lo recogió distraídamente, y luego hundió la cara entre las manos.

¿Cómo podía haber vuelto a hacerlo? ¿Cómo podía haber sido tan estúpida? Se había quedado a solas con Quinlan durante apenas una hora, y ya había hecho el amor con él, en el suelo, como un animal. Ni siquiera podía culparlo. Había sido ella la que lo había iniciado, apretando sus caderas contra él, para evitar que Quinlan siguiera acosándola a preguntas. Había ocurrido exactamente lo que ella sola se había buscado.

Se sentía confusa, humillada y excitada al mismo tiempo. Humillada por haber utilizado el sexo como una táctica de evasión, o tal vez por haber utilizado la evasión como una excusa para hacer lo que deseaba y no se atrevía a reconocer. Lo deseaba de forma tan pasional, tan fuerte, que controlar sus deseos le parecía algo antinatural, cuando todos sus instintos la empujaban hacia él.

Su cuerpo se sentía caliente y débil, satisfecho. Pero ahora que Quinlan no la estaba tocando, los viejos miedos volvían, confundiéndola. Había tomado la determinación más sencilla, aunque no la más fácil, pero era consciente de que ninguna decisión relativa a Quinlan o a sus propias emociones lo era.

Se quitó la ropa con lentitud y se lavó. El contacto frío del agua la refrescó por un momento, pero casi de inmediato el intenso calor de la habitación hizo que empezase a sudar con tanta rapidez como se lavaba.

Al fin y al cabo, poco importaban sus miedos, se dijo con ironía. Tendría que enfrentarse a él de todas formas. Si se quedaba allí, sufriría un colapso a causa del calor. Triste día aquél en que el servicio dejaba de ser el santuario de las mujeres. De todos modos, no podía encontrar ningún lugar en el que refugiarse de él, ya que sus recuerdos parecían estar en su contra.

Justo en el momento en que se estaba subiendo las braguitas, la puerta se abrió y apareció Quinlan. Su cuerpo tapaba casi toda la luz que procedía del vestíbulo, y al abrir entró una bocanada de aire relativamente fresco. El cambio de temperatura hizo que su cuerpo temblase, y que sus pezones se endureciesen. ¿O era una reacción instintiva femenina ante la cercanía de su compañero? No quería pensar en él en términos tan primitivos, en términos de posesión, pero su cuerpo tenía otras prioridades.

Quinlan lo notó, por supuesto. Su mirada brilló, posesiva y llena de deseo, mientras admiraba sus senos. Pero no se acercó a ella. Se quedó allí, como si notase su confusión.

–¿Te escondías? –preguntó con calma.

–Intentaba retrasarme –admitió, en tono suave.

No intentó cubrir su cuerpo ante él. Habría sido estúpido, después de lo que acababan de hacer. Como si no hubieran hecho el amor nunca, como si nunca la hubiera visto completamente desnuda. Quinlan se había quitado los pantalones, y sólo llevaba unos calzoncillos oscuros de algodón. Así, descalzo y casi desnudo, con el pelo mojado y la cara recién lavada, parecía desprovisto de la mayor parte de las convenciones del mundo civilizado. A pesar del calor, un escalofrío recorrió la columna vertebral de Elizabeth, como otra respuesta femenina al primitivismo de su masculinidad. Luego miró hacia otra parte para evitar su mirada.

Quinlan se acercó a ella y sujetó la falda, para que Elizabeth se metiera dentro. Después le dio la vuelta y comenzó a abrocharle los botones como si estuviese vistiendo a una niña.

–Puedes quedarte aquí si quieres –dijo–. Pero hace demasiado calor.

–Ya lo sé. Estaba a punto de salir.

La llevó hacia la puerta, pasándole el brazo por encima de los hombros. Elizabeth se preguntó si aquella atención era una actitud habitual en Quinlan, o si respondía a algún primitivo instinto de conservación de la hembra. Se dijo que tal vez fueran las dos cosas y suspiró.

Había estado haciendo tantas cosas en el servicio, que no se había dado cuenta del tiempo transcurrido. Quinlan había colocado los cojines de los sofás en el suelo, formando una cama doble. También había llevado agua fría y las tazas. Le agradó lo del agua, pero si Quinlan esperaba que se tumbara dócilmente en los cojines, se equivocaba. Se sentó en un sofá con la intención de beber una taza de agua, sin entusiasmo al principio, y después con ansiedad. Había olvidado lo bien que sabía el agua cuando se tenía tanta sed. Era un placer de la infancia perdido en el mundo adulto del café, el té, el vino y los refrescos.

–¿Tienes hambre? –preguntó Quinlan.

–No.

¿Cómo podría tener hambre? Estaba tan nerviosa que no creía que fuese capaz de comer nada antes de haber conseguido salir de aquel edificio.

–Bueno. Yo estoy muerto de hambre –dijo, mientras desenvolvía el pastel de arándanos y empezaba a comer–. Háblame de tu matrimonio.

Elizabeth se enderezó y lo miró.

–No fue un matrimonio feliz –dijo con dureza–. Pero en cualquier caso, no es asunto tuyo.

Quinlan miró hacia el lugar donde acababan de hacer el amor.

–Eso es discutible. Pero está bien, vamos a intentarlo por ese camino. Yo te hablaré de mi matrimonio si tú me hablas del tuyo. Sin tácticas de evasión. Te contestaré a cualquier pregunta que me hagas.

Elizabeth lo miró fijamente.

–¿Tu matrimonio?

–Claro –asintió él–. Caramba, tengo treinta y siete años. No he estado viviendo en el espacio todo este tiempo.

–¡Eres increíble! –gritó–. Me echas en cara que no te haya dicho nada acerca de mi matrimonio, y ni siquiera habías mencionado el tuyo.

Quinlan se frotó la nariz, y la miró con ojos de cordero.

–Bueno, soy así –admitió.

–Bien, ¡pues deja que ponga alguna idea

en tu cerebro de neandertal! La época de las confidencias sentimentales pasó hace mucho tiempo. No tenemos ninguna relación, de modo que tampoco tenemos nada que hablar al respecto.

Quinlan tomó otro pedazo de pastel.

–No me tomes el pelo. En lo que a mí respecta, lo que acabamos de hacer significa algo.

–Sólo sexo, nada más –dijo Elizabeth–. Hacía tiempo desde la última vez que lo practiqué, y lo necesitaba.

–Sé exactamente cuánto tiempo hace –le brilló la mirada, y ella supo que no le había gustado nada su comentario–. No has estado con nadie desde la última vez que estuvimos juntos.

–¿Es que me has puesto un detective? –preguntó ella, ciertamente ofendida.

Lo había hecho, pero no tenía intención de decírselo en aquel momento.

–Chickie siempre se ha preocupado por tu vida social. Como dice ella, parece el Valle de la Muerte, donde no hay nada interesante.

Elizabeth soltó un bufido, pero se calmó. No en vano había escuchado aquellas palabras en varias ocasiones de boca de la propia Chickie. De todas formas, se dijo que tenía que hablar con ella el respecto en cuanto tuviera ocasión.

–He estado muy ocupada –dijo

No le importaba que Quinlan creyera aquello o no, aunque era cierto. Había estado tan ocupada como había podido, precisamente para no pensar en él.

–Ya lo sé. Has encontrado algunos ricos a los que dorar la píldora.

Elizabeth cerró los dientes, con un chasquido.

–Gracias a eso vendes tus sistemas de seguridad. Yo les doro la píldora, y tú se la proteges.

–Yo protejo a las personas –especificó.

–Vaya, vaya. Por eso es por lo que vendes tantos sistemas de seguridad a gente que vive en mansiones enormes. Será porque sus vidas corren peligro.

–Me temo que no nos vamos a poner de acuerdo.

–Tú has sacado el tema.

–De acuerdo, me he equivocado. Volvamos a la conversación original, y hablemos de nuestros fracasados matrimonios. Venga, pregúntame lo que quieras.

La respuesta perfecta, por supuesto, era que no le interesaba hablar de ello. Pero habría sido una mentira, porque no sólo estaba interesada, sino que de repente se sentía violentamente celosa de aquella desconocida que había sido su esposa, que había llevado su nombre y compartido su cama, y que había sido, a los ojos del mundo, su compañera. Elizabeth mantuvo cerrada la boca, pero no pudo evitar mirarlo.

Quinlan suspiró y empezó a hablar.

–Bien, te lo contaré por muy aburrido que sea y aunque no lo preguntes. Se llamaba Amy. Nos conocimos en la Universidad, y cuando terminamos los estudios nos casamos. Nos creíamos adultos. Pero yo pasaba mucho tiempo fuera, por mi trabajo, y Amy conoció a alguien en la oficina donde trabajaba, que le gustaba más. En apenas seis meses de matrimonio, nos dimos cuenta de nuestra equivocación, a pesar de lo cual continuamos juntos un año más, intentando que aquello funcionase. Pero al final los dos sabíamos que estábamos perdiendo el tiempo. El divorcio fue una liberación para los dos. Fin de la historia.

Elizabeth continuaba mirándolo.

–Ni siquiera sé a qué universidad fuiste –dijo.

Quinlan volvió a suspirar. Elizabeth empezaba a estar cansada de tanto suspiro, como si pretendiera demostrar que se comportaba de manera harto caballerosa con una mujer irracional.

–Estudié en Cal Tech.

–Ah –dijo ella.

Aquello explicaba sus conocimientos de electrónica e informática.

–Pero no tuvimos hijos.

–¡Menos mal! –ya era suficiente que se hubiera callado todos los detalles sobre su vida–. Si ahora me dijeses que tienes hijos nunca te lo perdonaría.

–¿Eso significa que tú los tienes?

–No.

A Quinlan le entró un ataque de risa.

–Dios mío, cuánto te he echado de menos. No has cambiado en absoluto. Si estás enfadada, no sientes ninguna necesidad de guardar las formas comportándote de manera dulce y diplomática, ¿no?

Ella lo miró desafiante.

–No soy ni dulce ni diplomática.

–Gracias a Dios –dijo Quinlan. Se echó hacia atrás en el sofá, cruzó las manos, y estiró sus musculosas piernas, relajándose por completo–. De acuerdo, es tu turno. Dime todo acerca de los profundos y oscuros secretos de tu matrimonio.

SIETE

–Hablar de ello ha sido idea tuya, no mía.

Sintió la garganta seca ante la idea de recordar los detalles, de revivir la pesadilla. No era capaz de hacerlo.

–Tú también has hecho preguntas.

–Sólo te he preguntado en qué universidad estudiaste, pero de ninguna manera me he metido con tu vida privada.

Algo agitada, se levantó y miró a través de las cristaleras, hacia el mundo exterior. Sólo dos estrechas líneas de material transparente la mantenían prisionera, pero no conseguiría romperlas ni lanzando contra ellas un coche a toda velocidad. Parecían frágiles, pero no lo eran en absoluto. Todo lo contrario que ella. Parecía tranquila y fuerte, pero escondía una debilidad que le aterrorizaba.

–No te escapes –advirtió Quinlan con delicadeza.

Elizabeth casi no lo veía, puesto que estaba más allá del semicírculo formado por el sillón y los sofás.

–No me escapo –puntualizó, aunque sabía que estaba mintiendo–. Me muevo para no tener tanto calor.

Quinlan se levantó y se acercó a ella en silencio. Era enorme y estaba desnudo, con aquellos calzoncillos que apenas eran una versión moderna del taparrabos. Su pecho era velludo y musculoso. Los rizos le ocultaban los pezones, y una fina línea de pelo descendía por su abdomen hasta ocultarse bajo los calzoncillos. Sus largas piernas estaban igualmente cubiertas de vello, más oscuro y fino. Era indudablemente un animal macho dominante, en toda su plenitud. Elizabeth le dirigió una mirada distraída y vagamente alarmada que de repente se clavó en sus ingles.

Quinlan se miró y se encogió de hombros. Sin ceder en su actitud, explicó:

–Ya lo sé. A mi edad no debería haberme recuperado tan fácilmente. Normalmente no me pasa –añadió pensativo–. Es mi reacción ante ti. Ven aquí, corazón.

Su voz se había vuelto suave y seductora.

Elizabeth se preguntó si aquello iba a degenerar en la típica persecución entre los muebles. Pensó que si huía, Quinlan la acabaría acorralando sin lugar a dudas, dentro del estereotipo de hembra subyugada ante el merodeo del macho. Podía evitar aquello si se resistía a huir, de modo que Quinlan no tuviera nada que perseguir. Por otra parte, si no se movía, el desenlace sería el mismo, pero llegaría antes. La única elección real que le quedaba era continuar con su postura digna o no hacerlo. Si no sintiera nada hacía él le habría dicho que no. Pero su debilidad era evidente. De momento, y bajo aquellas circunstancias, no podía resistirse. Lo peor era que ambos lo sabían.

Quinlan se acercó con los ojos brillantes.

–Sé mía durante esta noche –murmuró–. Déjame al menos eso. Aquí no puedes escapar de mí. Y ni siquiera quieres hacerlo. Las circunstancias no son normales. Cuando salgamos tendrás muchas opciones, pero ahora no tienes más remedio que estar conmigo. Lo que pase no será culpa tuya. Déjate llevar y olvídate de lo demás.

Elizabeth respiró profundamente.

–Eres un buen psicólogo, ¿verdad? No soy ninguna cobarde. Asumo la responsabilidad sobre todas las decisiones que tomo.

La abrazó, pasándole un brazo alrededor de la espalda. Elizabeth alzó la vista para mirarlo. Su pelo oscuro y sus intensos ojos azules le encogieron el corazón.

–De acuerdo –susurró–. Por esta noche. Durante el tiempo que pasemos aquí.

Cerró los ojos con sensual anticipación. Se lo permitiría, sólo durante aquel período. Lo amaría, se dejaría llevar por las sensaciones, permitiría que la oscuridad en la noche los envolviera y les impidiera pensar. No tardaría mucho en librarse de él. ¿Por qué desperdiciar, por tanto, un solo minuto luchando contra él y contra sí misma?

–Lo que quieras –dijo.

Se escuchó a sí misma mientras él la levantaba. Su propia voz le parecía extraña, ronca, llena de deseo.

–Por esta noche –añadió.

La voz de Quinlan ya no sonaba tan firme cuando depositó a Elizabeth sobre los cojines.

–¿Cualquier cosa? –preguntó–. Prepárate para una noche interesante.

Elizabeth rozó el pecho de Quinlan.

–Sí –murmuró–. Puede ser.

–Gata.

Su respiración se aceleró cuando él le quitó las braguitas con rapidez, dejándolas a un lado.

–No las volverás a necesitar, esta noche.

Elizabeth tiró de sus calzoncillos.

–Y tú no necesitarás esto.

–Sólo me los he puesto porque he pensado que te pondrías hecha una fiera si me quedaba contigo completamente desnudo –dijo, quitándose los calzoncillos tan rápidamente como le había quitado las braguitas a Elizabeth.

Se sentía excitada por lo que prometía su cortejo. Había aprendido la primera noche que Quinlan era un hombre al que le gustaba el juego previo. Se divertía con ello. Pero en aquella ocasión no lo hizo. Abrió las piernas de Elizabeth, metiéndose entre ellas y penetrándola con una fuerte sacudida. Su cuerpo tembló, y sus músculos hicieron un esfuerzo para retrasar aquella invasión inexorable.

Él empujó, atravesándola hasta llegar al fondo. Ella hizo lo mismo, pero lentamente Quinlan sacó su miembro, sólo para volver a empujar de nuevo.

–¿Te hacía tu marido sentirte así? –murmuró Quinlan.

La cabeza de Elizabeth se movía sobre los cojines, llevada por la intensidad de las sensaciones. Tuvo que hacer un esfuerzo para concentrarse en las palabras.

–No… –dijo con un suspiro.

–Magnífico.

Había un tono de satisfacción salvaje en sus palabras. No le gustaba la idea de que alguien más la hubiera hecho disfrutar. Era algo que sólo había sentido con él. Quinlan se había dado cuenta de la primera noche que hicieron el amor, pero necesitaba oírlo, que dijese que nuca se había sentido así con nadie más.

–¿Qué te hacía? –murmuró, saliendo de ella por completo.

Los ojos de Elizabeth se abrieron en protesta, e intentó abrazarlo para restablecer el contacto. De pronto se dio cuenta de lo que estaba diciendo. Se separó de él e intentó sentarse.

–¡Eres un bastardo! –dijo furiosa.

Quinlan la agarró por las caderas y la atrajo hacia sí, introduciéndose de nuevo en su interior.

–Dime –espetó–. ¿Te trató mal? ¿Te hizo daño de alguna manera? ¿Qué hizo para que ahora me lo hagas pagar a mí?

Elizabeth volvió a apartarse de él. Se sentía enferma. Todo su deseo había desaparecido. ¿Cómo podía haberle hecho aquello? Luchó para cubrirse con su camiseta, insultándose por haber sido tan estúpida al pensar que podrían compartir aquella noche, que podía darle una oportunidad. Debería haber recordado que Quinlan nunca abandonaba.

No, nunca se rendía. Tal vez acabara antes si se lo decía. No sería agradable revivirlo, pero al menos él entendería por qué se oponía a que tuviera ningún tipo de autoridad sobre su vida, por qué le había negado el amor que tan desesperadamente quería darle.

Se separó de él aún más, apoyándose en las rodillas, de manera que el pelo le cubría la cara. Quinlan intentó seguir haciendo el amor con ella, pero Elizabeth se resistió, paralizada por los recuerdos que la asaltaban.

–¡No me toques! –gritó–. Querías saberlo, de modo que quédate ahí y siéntate pero no… no me toques.

Quinlan frunció el ceño, sintiéndose incómodo. La había empujado deliberadamente, pero no quería hacerlo de tal manera que se apartase de él, lo que finalmente había ocurrido. Su cuerpo seguía sintiendo deseo. Apretó los dientes para controlarse. Si Elizabeth estaba dispuesta a hablar, después de tantos meses, él estaba dispuesto a escucharla.

No separó la cabeza de las rodillas, pero en el vestíbulo oscuro y silencioso podía oírse hasta el más pequeño de los sonidos.

–Lo conocí cuando estaba a punto de terminar la carrera. Eric. Eric Landers. Pero ya conoces su nombre, ¿no? Estaba en tu famoso informe. Dirigía una empresa de decoración muy famosa, y encontrar un trabajo a tiempo parcial en un sitio así me pareció maravilloso.

Suspiró con tristeza y cansancio, antes de proseguir.

–Él tenía treinta y cinco años y yo veintiuno. Era atractivo, sofisticado, seguro de sí mismo, con don de palabra, con reputación de mujeriego, y un buen profesional. Me quedé deslumbrada cuando me pidió que saliera una noche con él. Yo era entonces demasiado alocada. Chickie parecía sensata en comparación conmigo. Estuvimos saliendo juntos tres meses, antes de que me pidiera que nos casásemos, y durante aquellos meses me hizo sentir como una princesa. Me llevaba a todas partes, y me invitaba a comer en los mejores sitios. Se interesaba por todo lo que hacía, por cada minuto de mi vida. No habría cortejado mejor ni a una verdadera princesa.

»Yo era virgen. Algo poco normal, después de pasar por la universidad, pero estudiaba mucho y trabajaba a tiempo parcial, así que no me quedaba mucho tiempo para la vida social. Eric no me presionó acerca del sexo.

Dijo que podía esperar hasta nuestra noche de bodas; que ya que había conservado la virginidad durante tanto tiempo, me trataría de la forma tradicional.

–Déjame adivinar –dijo Quinlan–. Era homosexual.

Ella movió la cabeza.

–No. Su reputación de mujeriego era cierta. Y fue increíblemente delicado en nuestra noche de bodas, lo cual le agradezco. Nunca me maltrató de ese modo.

–Si no te importa –Quinlan la interrumpió–, preferiría no saber nada acerca de tu vida sexual con él, si no era ése el problema.

Elizabeth alzó la cabeza, sorprendida.

–¿Estás celoso? –preguntó.

–Celoso no, no exactamente –murmuró, pasándose la mano por la mandíbula–. Pero no quiero oírlo, si te divertías con él haciendo el amor. Diablos, sí. ¡Estoy celoso!

Elizabeth sufrió un ataque de risa. Nunca habría supuesto que se reiría durante una conversación sobre Eric Landers, pero la frustración de Quinlan era tan evidente que no pudo evitarlo.

–No me importa darle al César lo que es

del César –dijo con tono generoso–. Pero tranquilízate, porque sabes que has sido el primero en…

–Satisfacerte –dijo

Una expresión de timidez cruzó su rostro.

–No tengo mucha experiencia. Eres el único hombre con el que me he acostado desde mi divorcio. Después de Eric, no quería que nadie se acercase a mí.

Elizabeth no continuó, y el silencio se cernió sobre ellos. Hacía tiempo que la luz del sol había empezado a desaparecer, y se sintió reconfortada con la llegada de la noche.

–¿Por qué? –preguntó finalmente Quinlan.

Era más fácil hablar de ello, después de haberse reído y con la oscuridad ocultando sus expresiones. Se sentía relajada, protegida.

–Es extraño –dijo–, pero no creo que le gustase que me comportara de forma sensual. Quería que fuera su princesa perfecta, su muñeca viviente. Me acostumbré a que me protegiera cuando salíamos, de modo que al principio no me pareció extraño que quisiera acompañarme siempre que ponía un pie fuera de casa. De algún modo, siempre encontraba algún motivo para que no aceptase este o aquel trabajo, e insistía en que siguiera trabajando con él. Iba de compras conmigo, escogía mi ropa... Al principio, parecía encantador. Hasta mis amigos estaban impresionados por la forma en que me trataba.

»Pero más tarde empezó a encontrar también razones para que no viera a mis amigos, criticándolos uno tras otro. No le parecían bastante buenos para mí. No podía invitarlos a casa, y él no quería que los visitase, ni que fuese a comer con nadie. Empezó a controlar mis llamadas telefónicas. Fue todo tan gradual, y era tan educado... Parecía tener una buena razón para todo lo que hiciese, y siempre estaba concentrado en mí, dándome la clase de atención que toda mujer quiere que le den. Sólo quería lo mejor para mí, decía.

Quinlan empezaba a sentirse incómodo. Cambió de posición, recostándose en uno de los sofás, y colocándose en una postura lo suficientemente relajada para que no se notase su tensión.

–Te controlaba –comentó.

–Creo que debíamos de llevar seis meses

casados cuando empecé a darme cuenta de hasta qué punto me había obligado a separarme de todo lo que no fuera él. De modo que intenté restablecer el equilibrio de poder, tomar decisiones por mí misma, aunque fuese en cosas sin importancia, como elegir dónde me cortaba el pelo.

–Déjame que vuelva a adivinar. Cambiaste de peluquería, y de pronto dejó de ser cariñoso.

–Se enfureció al enterarse de que había ido a otro sitio. Me quitó las llaves del coche. Fue entonces cuando me enfadé de verdad, por primera vez. Hasta aquel día, buscaba excusas, porque era muy cariñoso conmigo. Nunca le había llevado la contraria hasta entonces, pero cuando me quitó las llaves del bolso, perdí la paciencia y le grité. Me dejó inconsciente –dijo, con brevedad.

Quinlan se levantó, tan furioso que no podía permanecer sentado ni un minuto más. Al infierno intentar parecer relajado. Caminó por el vestíbulo como un tigre, desnudo y primitivo. Todos los músculos de su cuerpo estaban en tensión.

Elizabeth continuó hablando. Ahora que

había empezado, quería contárselo todo. Era curioso. Recordarlo no le estaba resultando tan traumático como había esperado, ni tan malo como en su memoria o en las noches de pesadillas. Tal vez fuese porque al fin tenía a alguien con quien compartir el dolor. Hasta entonces lo había soportado a solas.

»Llegué a ser su prisionera. Siempre que intentaba hacer algo por mí misma, me castigaba. No había salida. La mayor parte del tiempo me abofeteaba, o me pegaba, pero en ocasiones sólo me gritaba, y yo nunca sabía qué podía esperar. Era como si él supiese que cada vez que me gritaba, en lugar de golpearme, me hacía sentir aún peor, porque sabía que la primera vez me pegaría, y yo intentaba por cualquier medio hacer todo lo posible para que tal cosa no ocurriera. Pero siempre hacía algo mal. Estaba tan nerviosa, que siempre hacía algo. O él se inventaba un motivo. Si miro hacia atrás no puedo creer que fuera tan estúpida.

»Cuando fui consciente de hasta qué punto me había humillado e intenté rectificar, ya me había aislado por completo. Me había lavado el cerebro de tal modo que me sentía débil, incapaz de hacer nada. No tenía dinero, ni amigos, ni coche. Me daba vergüenza que alguien pudiera llegar a enterarse de lo que me ocurría, porque me había convencido de que todo había pasado por mi culpa.

»Intenté escaparme una vez, pero había sobornado al portero para que lo llamase por teléfono si yo me marchaba, y me encontró en menos de media hora. Aquella vez no me pegó. Se limitó a atarme a la cama y dejarme sola. El terror de la espera, la impotencia, sin saber si volvería para pegarme, me hizo sentir peor que si me hubiera dado una paliza. Habría sido mejor, porque eso habría significado que ya habría pasado todo. Pero me dejó atada dos días, y estaba a punto de tener una crisis de histeria cada vez que él entraba en la habitación.

Quinlan dejó de pasear. Estaba de pie, sin moverse, pero podía sentir la tensión que irradiaba su cuerpo.

–Puso un candado en el teléfono, de forma que no podía llamar, ni siquiera contestar una llamada –continuó Elizabeth–. Pero un día me puso un ojo morado. Ni siquiera recuerdo por qué. Cuando me miré al espejo, a la mañana siguiente, algo se despertó en mí. Decidí que sólo tenía dos opciones: marcharme o matarlo. No podía continuar así ni un día más, ni una hora más.

–Yo habría optado por matarlo –dijo Quinlan en tono neutro–. Y es posible que aún lo haga.

–Después de aquello, todo fue fácil –murmuró, sin prestar atención a sus palabras–. Guardé mis cosas en las maletas y me marché. El portero me vio, fue a levantar el teléfono... y se detuvo. Miró cómo tenía el ojo y colgó el auricular. Después me abrió la puerta y me preguntó si quería que llamase a un taxi. Cuando le dije que no tenía dinero, abrió la cartera y me dio cuarenta dólares.

»Fui a un centro de acogida para mujeres maltratadas. Fue la cosa más dura, más humillante que he hecho nunca. Es extraño, pero las mujeres son las únicas que se sienten avergonzadas. Se tiende a pensar que las mujeres se sienten culpables porque piensan que ellos están en su derecho, o que ellas lo merecen. Pero ahora entiendo cómo se sienten, porque a mí me ha pasado. Es como levantarte en público y hacer saber a todos lo estúpida que has sido, la mala elección que has hecho, lo poco que te has sabido imponer. Las mujeres que conocí allí apenas eran capaces de mirar a nadie a los ojos. ¡Y ellas eran las víctimas!

Guardaron silencio durante un momento. Luego Elizabeth continuó.

–Conseguí el divorcio. Así de sencillo. Con las fotografías que me hicieron en el centro de acogida, tenían suficientes pruebas de malos tratos, y Eric habría hecho cualquier cosa con tal de preservar su reputación. Intentó convencerme para que volviera con él, me hizo toda clase de promesas, y me prometió mil veces que las cosas iban a ser distintas. Casi estuve a punto de ceder –admitió –. Pero no podía confiar en mi propio juicio, de modo que lo más seguro, lo único razonable que podía hacer, era mantenerme alejada de cualquier posibilidad de relación en general, y de Eric Landers en particular.

Ahora todo estaba claro. Quinlan casi no podía respirar, mientras pensaba en todos los errores que había cometido intentando acercarse a ella. Ya no le importaba que lo hubiera dejado. Había intentado protegerla, ayudarla, puesto que estaba enamorado de ella. Suponía que era un instinto masculino normal, pero ninguna otra cosa habría despertado con más rapidez los miedos de Elizabeth. Cuando había necesitado espacio, él la había agobiado, haciendo que tomase la decisión de alejarse de su camino. En lugar de conseguir su amor, había conseguido que huyera de él.

–Yo no soy Landers –dijo con voz ronca–. Nunca abusaré de ti, Elizabeth. Te lo prometo.

Ella guardó silencio. Quinlan podía sentir su tristeza.

–¿Cómo puedo creerte? –preguntó finalmente–. ¿Cómo puedo confiar en mí misma? ¿Qué ocurrirá si tomo una decisión equivocada contigo? Eres mucho más fuerte que Eric, tanto física como mentalmente. ¿Qué pasaría si intentases hacerme daño? ¿Cómo podría protegerme? Tú quieres controlarlo todo. Lo has admitido. Eres reservado y dominante. Dios mío, Tom, te amo, pero me das miedo.

El corazón de Quinlan dio un salto en su

pecho al oír aquellas palabras. Ya lo sabía, pero era la primera vez que las oía de su boca. ¡Lo amaba! Pero al mismo tiempo se sentía aterrorizado, porque no podía encontrar ninguna forma de convencerla de que podía confiar en él. Y aquélla era la cuestión. Un problema de confianza. Ella ya no confiaba en su propia capacidad de juicio.

No sabía qué hacer. Por primera vez en su vida, no tenía ni un plan de acción, ni una sola opción viable. Todo lo que tenía eran sus instintos, y temía que estuviesen equivocados, al menos en lo relativo a Elizabeth. Había llegado muy lejos. Intentó pensar en cómo sería su vida sin ella, si no pudiera abrazarla nunca más, y la mera posibilidad le aterrorizó. No se había sentido así ni durante los meses pasados, en los que ella se había alejado por completo de él, sin querer hablar siquiera por teléfono. Porque seguía confiando en que tenía una oportunidad de conseguir que volviera.

La necesitaba. A ella, no a otra mujer. Y la quería, tal y como era: elegante, con mal genio, independiente, apasionada en la cama.

Al menos lo último lo había hecho bien. Elizabeth se había sentido satisfecha en sus brazos.

Sospechó que si él sólo hubiera querido acostarse con ella, Elizabeth habría estado de acuerdo. Lo que la había hecho marcharse había sido la perspectiva de una relación amorosa. Se había enfadado con él cuando mencionó el matrimonio y los hijos, ofendida porque no le había pedido su opinión, pero en realidad cualquier cosa referente a aquello le aterrorizaba. ¿Se habría dado cuenta de que había estado a punto de proponérselo? Buscando las razones por las que se había puesto furiosa, era evidente que lo que le había asustado era lo que él pretendía, no una corta relación sexual. La posibilidad de atarse a él con vínculos legales como los del matrimonio le producía pesadillas.

Quinlan se aclaró la garganta. Se sentía como si estuviera caminando a ciegas por una mina, pero no podía abandonar ahora.

–Tengo una buena razón para no hablar de mí –dijo, vacilando.

La respuesta de Elizabeth fue irónica.

–Estoy segura.

Quinlan guardó silencio. Se sentía desamparado. No había nada que pudiera decirle que no sonase a sus oídos como una gigantesca mentira. Estaba en un punto muerto.

–Te amo.

Sus propias palabras lo hicieron temblar. Se enamoró de ella casi el mismo día en que se conocieron, pero había pasado tanto tiempo sin que dijera en alto aquellas palabras, que se sorprendió. Sí, las había pronunciado durante su matrimonio, al principio. Le había resultado muy fácil y lógico. Ahora se daba cuenta de que lo había dicho sin dificultad porque no lo sentía. En general, cuando algo importa en realidad, resulta más difícil expresarlo.

Elizabeth asintió con la cabeza. Estaba tan oscuro que todo lo que Quinlan pudo ver fue un movimiento, carente de expresión.

–Te creo –replicó ella.

–Pero sigues sin confiar en mí.

–Si necesitase a alguien para que me protegiese de algún peligro, no encontraría a nadie mejor. Pero para lo demás, para la convivencia diaria, no. Me da miedo pensar en que alguien esté tan cerca de mí como para volver a tener esa clase de influencia sobre mí.

Quinlan retrocedió un poco más, mentalmente.

–Podemos continuar viéndonos –sugirió con cautela–. Ya sé que me he excedido. Lo reconozco. Pero no volveré a presionarte, de ninguna manera.

–No sería justo para ti. Tú quieres casarte.

–Te amo –dijo, arrebatado–. Con o sin convenciones legales. Nos compenetramos en la cama, y nos divertimos cuando estamos juntos. Podemos seguir haciéndolo sin estar casados, si es eso todo lo que te preocupa.

–¿Quieres que tengamos una aventura?

–Por Dios, no. Lo quiero todo. Un anillo, niños, y todo eso. Pero si lo único que quieres darme es una aventura, lo acepto. ¿Qué dices entonces?

Elizabeth permaneció en silencio durante largo raro, pensando. Luego suspiró, y dijo:

–Creo que sería estúpido tomar decisiones ahora. No estamos en circunstancias muy normales. Cuando arreglen la electricidad y nuestras vidas vuelvan a la normalidad, lo decidiré.

Quinlan siempre había tenido la habilidad de reducir sus pérdidas al mínimo. Dio un paso hacia ella.

–Pero aún tenemos esta noche –dijo en voz baja–. Y no quiero perder ni un minuto.

OCHO

Hicieron el amor como en la noche que habían pasado juntos seis meses atrás, pero con más intensidad aún. Quinlan le hizo el amor hasta que Elizabeth gritó literalmente de placer. La oscuridad los arropaba con su manto, sin tiempo, ni restricciones. Todo era posible. Las horas parecían no tener fin, al no estar regidas por reloj alguno, ni por ningún otro símbolo de la civilización. Fuera, la calle estaba oscura y vacía. Quinlan no volvió a encender la radio. No quería que el mundo se entrometiese. Ella tampoco lo hizo.

Hacía demasiado calor para dormir, a pesar del alto techo del vestíbulo, que acumulaba el aire caliente. Se tumbaron en los cojines y hablaron, con voces que no eran más que murmullos. Quinlan no dejó de acariciarla con sus manos, y Elizabeth dejó sus miedos para otro momento. Tenía sueño, pero se le olvidaban las ganas de dormir cuando él la tocaba en la densa y calurosa oscuridad, con manos que la acariciaban y la excitaban hasta que se contoneaba sobre los cojines. Su amor la envolvía como la noche. En la oscuridad no tenía inhibiciones. No sólo lo dejaba hacer, sino que participaba de ello. No hubo ni un centímetro de su cuerpo que no explorase.

Con el amanecer ascendió la temperatura, pero la electricidad seguía sin funcionar. Aunque sabía que no podía verse nada a través de las ventanas coloreadas, Elizabeth se alegraba de que siguieran escondidos en su pequeño nido. Después de beber una taza de agua y comer algo, Elizabeth insistió en volver a lavarse a pesar del calor que hacía en los servicios y de que Quinlan tuviera que esperar, impaciente, a que volviese. Al parecer, aquel hombre no se cansaba nunca.

De pronto oyó unas voces y se quedó paralizada, presa del pánico ante la perspectiva de ser descubierta desnuda en el servicio. Por un momento pensó que tal vez hubieran arreglado la electricidad, pero se dio cuenta inmediatamente de que era imposible, porque el servicio seguía a oscuras. Tal vez el guarda hubiera apagado las luces antes de marcharse, el día anterior. Ni siquiera pensó en accionar el interruptor.

Después escuchó una sintonía familiar, y se relajó. Era la radio, por supuesto. Un tanto irritada consigo misma por haberse asustado, y con Quinlan por haber causado su miedo, salió del servicio.

–Casi me da un ataque al corazón –espetó–. Pensé que alguien había entrado, y que estaba prisionera en los servicios públicos.

Quinlan sonrió.

–¿Y qué pasa conmigo? Estoy tan desnudo como tú.

Seguía tumbado. De alguna forma, parecía

estar en casa, en su estado natural. Elizabeth bajó la vista para mirarse y rió.

–No puedo creer que esto esté pasando.

Quinlan estuvo a punto de decir «es algo que podemos contar a nuestros nietos», pero prefirió no hacerlo. A Elizabeth no le gustaría oírlo, y, además, se había prometido no presionarla. Alargó un brazo hacia ella, y se tumbó con él, entre sus brazos.

–¿Qué decían las noticias?

–Nada importante. Una noche relativamente tranquila en Dallas, con algún saqueo esporádico. Lo mismo que en todas partes. Hace demasiado calor como para que la gente se ponga a robar en serio.

–¿Ah, sí? –preguntó ella, mirándolo de reojo.

Quinlan rió y la puso de espaldas. Se colocó sobre ella con una absoluta falta de delicadeza que demostraba cuántas veces había adoptado la misma postura a lo largo de la noche.

–¿Y las noticias? –preguntó Elizabeth.

Él se acercó a su cuello, respirando el dulce olor a mujer.

–Ah, eso. Han movilizado a la Guardia Nacional, desde Texas hasta la Costa Este.

Hubo algunos disturbios en Miami, pero todo ya está bajo control.

–Pensé que habías dicho que las cosas estaban relativamente tranquilas.

–Así es. Teniendo en cuenta que un tercio del país está sin electricidad, la tranquilidad es sorprendente.

Quinlan no quería hablar sobre el apagón. Tener a Elizabeth cerca, totalmente desnuda, le producía una sensación más fuerte que la de cualquier whisky. La besó, saboreando su respuesta, colocándola en posición para penetrarla y entrando en ella suavemente. Sintió el tacto delicioso de los músculos de su interior, la manera en que sus dedos lo tocaban mientras se arqueaba para estar más cerca de él. Sus sentimientos hacia ella se exacerbaron, y se sorprendió deseando que no arreglasen el tendido eléctrico.

Después de hacer el amor Elizabeth se apoyó en su hombro.

–¿Han dicho en la radio cuándo cree la compañía de electricidad que volverá a funcionar el suministro?

–Puede que esta tarde –dijo.

¿Tan pronto? Se sintió un poco indignada, como si le hubieran prometido unas vacaciones y se las hubieran acortado. Pero aquello no eran unas vacaciones. Para mucha gente constituiría un verdadero drama.

La electricidad podía ser la diferencia entre vivir o morir para alguien que estuviera enfermo. Si todo lo que tenían eran unas cuantas horas más quería aprovecharlas al máximo.

Al parecer, Quinlan pensaba lo mismo. La mantenía constantemente entre sus brazos, excepto cuando insistía en que bebieran algo. Incluso cuando se sintió cansado, no dejó de acariciarla. Quinlan se había apoderado hasta tal punto de sus sentidos que Elizabeth se habría sentido aterrada de no haber comprobado que él sentía lo mismo. No era algo que él le estuviese haciendo. Era algo que ambos compartían.

Se durmieron fuertemente abrazados, a pesar del calor.

Dc pronto, Elizabeth se despertó sobresaltada al sentir una ráfaga de aire frío.

Quinlan se sentó.

–La electricidad funciona –dijo, mirando

hacia las luces del techo, que resultaban deslumbrantes después de tantas horas a oscuras. Son las once en punto –añadió, después de consultar el reloj.

–Es demasiado pronto –dijo enfadada–. Dijeron que no lo arreglarían antes de la tarde.

–Posiblemente exageraron, por si tenían algún problema.

Sintiéndose increíblemente expuesta bajo la luz, Elizabeth se apresuró a vestirse. Tomó las braguitas, las examinó con una mueca de disgusto y las tiró a una papelera.

–¿Qué hacemos ahora? –preguntó echándose el pelo hacia atrás.

Quinlan se subió la cremallera de los pantalones.

–Ahora nos vamos a casa.

–¿Cómo? ¿Llamamos al servicio de seguridad?

–Ya los llamaré más tarde. Tengo unas cuantas cosas que decirles. Pero ahora que ha vuelto la electricidad puedo abrir las puertas.

Mientras Quinlan manipulaba el sistema de seguridad, Elizabeth volvió a colocar los muebles en su sitio, devolviendo los cojines a su lugar de origen. Se sonrojó al pensar en la posibilidad de que alguien descubriese el nido de amor que habían organizado en mitad del vestíbulo. No sabía si sería capaz de volver a pisar el edificio sin sentirse avergonzada.

Quinlan lanzó un gruñido de satisfacción cuando consiguió cambiar a manual el sistema de seguridad, lo cual le permitiría abrir la puerta exterior.

–Vamos –dijo, tomando a Elizabeth de la mano.

Ella apenas tuvo tiempo de agarrar el bolso antes de salir. Cerró los ojos deslumbrada al sentir el sol. El calor que desprendía la acera era insoportable.

–No podemos dejar abierto el edificio –protestó.

–No lo hemos hecho. Se ha vuelto a cerrar en cuanto hemos salido.

La tomó por el brazo y la guió hasta el aparcamiento.

Antes de que pudiese reaccionar, Quinlan estaba prácticamente empujándola al interior de su coche.

–¡Yo tengo mi propio coche! –dijo indignada.

–Ya lo sé. No te preocupes. No se lo van a llevar a ningún sitio. Pero no sabemos si el suministro eléctrico llega a toda la ciudad, y tampoco sabemos con qué te vas a encontrar al llegar a tu casa. Creo que es mejor que me quede contigo hasta que nos aseguremos de que estás a salvo.

Era el tipo de acciones que la hacían sentir incómoda en el pasado. Sin embargo ya no le importaba, tal vez porque estaba demasiado dormida, o acaso porque tenía razón. Cualquiera que fuese el motivo, entró en el coche y cerró los ojos.

Quinlan tuvo que dar un par de vueltas hasta encontrar la casa, pero casi no había tráfico, y tardó muy poco en llegar. Elizabeth no protestó cuando entró con él. La electricidad funcionaba, y el aparato de aire acondicionado parecía hacer un esfuerzo extra para bajar un tanto la temperatura.

–A la ducha –ordenó Quinlan.

Elizabeth parpadeó.

–¿Qué?

Él le paso el brazo por la espalda y la llevó hacia la habitación.

–Una ducha. Los dos vamos a tomar una ducha fría. Estamos en buena forma, pero esto hará que nos sintamos mejor. Créeme, estamos algo deshidratados.

Su acuerdo se limitaba a una noche, pero ya entrado el día, Elizabeth supuso que no ocurriría nada si lo alargaba un poco más. Dejó que Quinlan la desnudase, y no se sorprendió cuando él hizo lo mismo y entró en la ducha con ella. El agua no estaba demasiado fría, sólo lo suficiente como para hacerla sentir mejor. Se volvió para mojarse la espalda y el pelo.

–¿Te sientes mejor? –preguntó él, pasándole las manos por el cuerpo.

Quinlan la estaba frotando, aunque sin usar jabón.

–Hmmm…

Él inclinó levemente la cabeza mientras Elizabeth la subía. Si todo fuera siempre así, pensó. Besándolo, siendo besada por él. Sus fuertes brazos la abrazaban. Mientras estaba a su lado todas sus preocupaciones desaparecían.

La ducha fría los revivió en muchos sentidos. Quinlan la levantó, la apoyó contra la pared y la penetró. Elizabeth jadeó. Quinlan le hizo el amor tan fiera y apasionadamente como la noche anterior, en el suelo del vestíbulo. Como si no hubiera pasado nada entre la primera y la última vez.

Después se fueron a la cama. Elizabeth casi no podía mantener los ojos abiertos mientras Quinlan le secaba el pelo. La acostó y la tapó con las sábanas. Ella suspiró, descansada, y casi de inmediato se quedó dormida, sin notar que Quinlan se había tumbado a su lado.

Aun así, no se sorprendió cuando despertó por la tarde y lo descubrió junto a ella. Con pereza, dejó que su mirada recorriera aquel cuerpo musculoso. Necesitaba afeitarse. La barba confería una tonalidad oscura a su piel. Tenía el pelo alborotado, y con los ojos cerrados parecía un niño. Le parecía raro. Nunca había pensado en Quinlan como en alguien delicado. Jamás había asociado la dulzura con él, aunque la había tratado con mucha delicadeza, incluso en los momentos de pasión. No se trataba del mismo tipo de caballerosidad que mostraba Eric. Ahora se daba cuenta de que Eric había sido suave con ella porque no quería ninguna respuesta pasional por su parte. Quería que fuese una muñeca a la que pudiera vestir, colocar y enseñar por ahí, para alimentar su ego. Quinlan, por otra parte, se había dejado llevar por la pasión tanto como ella.

Le tembló el cuerpo ante su cercanía. Medio dormida, lo empujó. Él abrió los ojos de inmediato, y se puso boca arriba.

–¿Qué pasa?

–Muchas cosas –respondió, dcslizándose sobre él y sintiendo la respuesta entre sus piernas–. Han pasado por lo menos… –calló y miró el despertador, que parpadeaba estúpidamente, porque no lo había puesto en hora tras el apagón–. Hace mucho que no tengo nada de esto –dijo depositando la mano entre las piernas de Quinlan.

Contuvo la respiración mientras Elizabeth le mostraba el camino.

–Lo siento –se disculpó Quinlan, gimiendo mientras ella se colocaba sobre él.

Siempre había supuesto que Elizabeth podía ser así: cálida, desinhibida y apasionada. Le provocaba una sensación de placer casi mareante.

Tenía los ojos enrojecidos y los labios inflamados por los besos. El pelo oscuro caía sobre los hombros. Elizabeth lo miró con deseo mientras se movía lentamente arriba y abajo, entornando los ojos cada vez más.

–Sólo por eso, me toca ponerme encima –murmuró.

Quinlan se estiró y se agarró a la cabecera de la cama, con sus poderosos bíceps flexionados y los puños cerrados sobre las barras.

–¿Conseguiré algo si te suplico?

–No me importa lo que digas –le aseguró, mientras sentía otro espasmo de pasión en sus terminaciones nerviosas.

–Bien –dijo Quinlan, arqueándose, casi levantándola de la cama–. En ese caso, no pienso decir nada que pueda hacer que te detengas.

No lo hizo. Cuando ella se tumbó agotada sobre su pecho, ambos estaban plenamente satisfechos. Quinlan la sujetó por el pelo y la acercó a su pecho, casi con desesperación. Elizabeth se empapó del aroma de su cuerpo, frotando la mejilla contra su pecho velludo. Podía escuchar los latidos de su corazón, y aquel ritmo le tranquilizaba. Se quedaron dormidos, y cuando volvieron a despertar el sol se estaba poniendo. Hicieron de nuevo el amor.

Quinlan encendió la televisión que había encima de una cómoda y volvió a la cama para abrazarla mientras veían las noticias que, por supuesto, hablaban principalmente del apagón. Elizabeth se sintió algo incómoda, como si hubiera ocurrido una crisis nacional y no se hubiera dado cuenta, a pesar de que la había sufrido de forma directa, íntima. En todos los sentidos. Tal vez por aquel motivo se sentía tan alejada de la realidad. No había pasado las últimas veinticuatro horas pensando en el apagón, sino concentrada en Tom Quinlan.

«El gran apagón», como lo llamaban todos los comentaristas, había supuesto la interrupción del suministro eléctrico en todo el sur. La ola de calor, el uso excesivo de electricidad y el recalentamiento, combinados, habían sobrecargado los circuitos, inutilizando varias instalaciones. Por su parte, Elizabeth, se sentía como si la apasionada manera de hacer el amor de Quinlan hubiera sobrecargado sus circuitos más íntimos.

Pasó la noche con él. No preguntó si podía quedarse, y ella no le pidió que se marchara. Elizabeth sabía que sólo estaba posponiendo lo inevitable, pero quería estar con él por el momento. El haberle contado lo de Eric no había cambiado su opinión, del mismo modo que el carácter de Quinlan no había variado por saberlo.

Cuando amaneció los dos supieron que su paréntesis había llegado al final. No podían evitar la realidad por más tiempo.

–¿Qué pasará ahora? –preguntó Quinlan en voz baja.

Elizabeth miró por la ventana mientras se tomaba un café. Era sábado, y ninguno de los dos tenía que ir a trabajar, a pesar de lo cual Quinlan se puso en contacto con varios de sus empleados nada más levantarse. Ella sabía que sólo tenía que decir una palabra, «quédate», para que pasaran todo el fin de semana en la cama. Sería maravilloso, pero llegaría el lunes, y entonces le resultaría aún más difícil.

–No veo que la situación haya cambiado –dijo al fin.

–¡Por todos los diablos, Elizabeth! –exclamó

Quinlan levantándose, con todo el cuerpo en tensión–. ¿Puedes decir sinceramente que soy como Eric Landers?

–Eres muy dominante –puntualizó.

–Me amas.

–En aquella época también creí que amaba a Eric. Pero ¿qué ocurrirá si vuelvo a equivocarme? –dijo abriendo los ojos de par en par–. No puedes entender lo que se siente, porque nunca has pasado por ello. Prefiero morirme antes de tener que volver a sufrir ese infierno. No me atrevo a arriesgarme contigo. Sigo sin conocerte tanto como tú me conoces. Eres tan reservado que no sé quién eres. ¿Cómo puedo confiar en ti si no te conozco?

–¿Y si me conocieras? –preguntó en tono áspero–. ¿Si lo supieras todo sobre mí?

–No lo sé –se miraron y estallaron en una risa histérica.

–¿Cuántas veces habré empleado el verbo «conocer» en un momento?

–Por lo menos conocemos su significado –dijo Quinlan.

Ella gruñó, y los dos empezaron a reír.

Cuando se tranquilizaron, él alargó su mano

hacia la densa mata de pelo de Elizabeth y le acarició a nuca.

–Deja que intente una cosa –dijo de golpe–. Dame otra oportunidad, y te prometo que cambiarás de opinión.

–¿Eso significa que si no funciona no volverás a intentarlo? –preguntó sin poder evitar la risa al ver la expresión de Quinlan–. Oh, Tom, ¿no tienes ni idea de lo que significa rendirse, verdad?

Él se encogió de hombros.

–Nunca he querido a nadie tanto como a ti –contestó, devolviéndole la sonrisa–. Pero al menos he progresado algo. Has empezado a llamarme Tom otra vez.

Se vistió y la besó mientras se dirigía hacia la puerta.

–Volveré tan pronto como pueda. Tal vez no puede ser hoy. Pero hay algo que quiero enseñarte antes de que tomes la decisión definitiva.

Elizabeth se apoyó contra la puerta después de acompañar a Tom. ¿Decisión definitiva? No sabía si reír o llorar. Para ella, la decisión había sido definitiva durante los últimos seis meses.

Pero no entendía por qué tenía la sensación de que, si no le daba la respuesta que quería, tendría que estar explicando sus razones durante los cinco años siguientes.

NUEVE

El timbre de la puerta sonó un poco antes de las cinco de la mañana del domingo. Elizabeth se levantó sobresaltada, y se quedó de pie frente al despertador, aturdida. Al fin reconoció el sonido, pero creyó que estaba equivocada. ¿Quién podría llamar a la puerta a las cinco menos seis minutos de la mañana?

–Quinlan –murmuró, mientras recorría con rapidez el pasillo.

Elizabeth echó un vistazo a través de la mirilla para asegurarse, aunque no tenía dudas. Bostezando, quitó la cadena y abrió la puerta.

–¿No podrías haber esperado unas cuantas

horas más? –preguntó gruñendo, mientras se dirigió a la cocina para preparar un café.

Si tenía que hablar con él a aquellas horas, tenía que estar un poco más despierta.

–No –dijo Quinlan–. No he pegado ojo, y me gustaría poder arreglar esto cuanto antes...

Tampoco ella había dormido mucho. Después de la partida de Quinlan, la mañana anterior, había estado paseando todo el tiempo por la casa, sintiéndose perdida e incapaz de concentrarse en nada. Le había costado identificar aquella sensación, pero al final se dio cuenta de que se sentía sola. Habían pasado juntos treinta y seis horas seguidas durmiendo abrazados, haciendo el amor, hablando, discutiendo y riendo. El apagón la había obligado a permanecer con él en aquella intimidad calurosa, y también a explorar viejas pesadillas.

La cama le parecía demasiado grande, demasiado vacía y fría. Por primera vez empezaba a preguntarse si habría tomado la decisión adecuada al romper con él. Quinlan no era en modo alguno Eric Landers. Físicamente, se sentía totalmente a salvo con él. Al menos a aquel nivel estaba segura de que nunca le haría daño.

Era otra faceta de su personalidad la que le preocupaba. Se trataba de su carácter reservado y de su inclinación a tenerlo todo bajo control. Algo que entendía muy bien, porque también era un poco fanática al respecto. El problema estribaba en que había tenido que luchar mucho para recuperarse de su relación anterior, y no se atrevía a arriesgar su identidad de nuevo. Quinlan era enormemente obstinado. Poca gente podía resistírsele. Ella no conocía casi nada acerca de su vida, de lo que había hecho de él la persona que era. Tal vez estuviera ocultando algo que a ella le pareciera imperdonable. Le resultaba imposible estar segura de que nunca descubriría una faceta oscura que Quinlan hubiera mantenido bajo control hasta que fuera demasiado tarde para ella.

No se hacía muchas ilusiones respecto al matrimonio. Incluso en pleno siglo XX, el marido tenía cierta autoridad sobre la mujer. A la gente no le gustaba mucho verse envuelta en las disputas domésticas, aunque la disputa consistiera en que un hombre pegaba a una mujer. En algunas comisarías empezaban a tomárselo más en serio, pero tenían tanto trabajo con la delincuencia callejera, con las drogas y con los accidentes de tráfico, que podía entender que la cara magullada o el brazo roto de una mujer no les pareciera un asunto tan importante.

Pero lo que Quinlan quería era casarse. Si llegase a un acuerdo con él, podría no mencionarlo durante cierto tiempo, tal vez durante una semana, pero seguiría empeñado en ello. Lo amaba tanto que sabía que tal vez lograría convencerla, de modo que tenía que tomar una decisión definitiva cuanto antes. Y podría hacerlo perfectamente, si la respuesta fuera «no». Aún tenía bastante fuerza como para separarse de él, por el bien de los dos. Si esperaba, cada día resultaría más difícil.

Quinlan permaneció en silencio mientras Elizabeth recorría la cocina, preparando la cafetera y encendiéndola. El agua hirvió con un sonido característico, y después empezó a caer llenando la habitación con el delicioso aroma del café.

–Vamos a sentarnos –dijo Quinlan, dejando el maletín en la mesa.

Elizabeth negó con la cabeza y dijo:

–Si voy a tener que pensar, prefiero tomarme un café antes.

–No lo sé –dijo, temblándole la boca–. Creo que sería mejor que mantuviese la cabeza al margen de este punto y te dejases guiar por tus instintos.

–Por mis hormonas, quieres decir.

–Tampoco tengo nada en su contra –dijo, acariciándose la barba, y suspirando–. Pero supongo que a mí también me vendrá muy bien una taza de café.

Elizabeth notó que se había tomado la molestia de cambiarse de ropa. Llevaba unos vaqueros que parecían tener diez años, y una camiseta blanca de algodón. Pero tenía ojeras, y sus ojos estaban enrojecidos por la falta de sueño. No se había afeitado desde la mañana del apagón. La barba de varios días le daba aspecto de rufián. De hecho, parecía uno de sus propios empleados.

Cuando terminó de salir el sol, Elizabeth llenó las tazas y le pasó una a Quinlan mientras se sentaba a la mesa. Bebió un trago con precaución, preguntándose cuánto tardaría en actuar en su sistema circulatorio.

Quinlan tomó el maletín y sacó de él dos carpetas, una bastante fina y otra más ancha. Tomó la primera y se la entregó.

–De acuerdo. Lee primero ésta.

Elizabeth la abrió y subió las cejas sorprendida al ver que se trataba de un informe muy parecido al que él había hecho de ella, con la diferencia de que éste hablaba de él mismo. Parecía sólo un esbozo. Incluso así faltaban algunas partes importantes. Mencionaba su nombre, su fecha y lugar de nacimiento, su número de la Seguridad Social, su descripción física, sus estudios y su empleo actual, así como algunos detalles breves sobre su matrimonio. Pero por otra parte daba la impresión de que no había existido desde su divorcio hasta que organizó la agencia de seguridad.

–¿Estuviste congelado durante quince años? –preguntó finalmente, devolviéndole el informe–. Aprecio el gesto, pero si se supone que era un intento de hacer que te conociera mejor, falta bastante.

La miró, y luego sonrió.

–No hay mucha gente que pueda ser sarcástica a las cinco de la mañana.

–A las cinco en punto no sé comportarme de otra forma.

–Lo tendré en cuenta –murmuró mientras le acercaba la otra carpeta–. Ésta es la información que no podrías conseguir si me investigases.

El interés de Elizabeth se incrementó, y abrió la carpeta. Los documentos que tenía ante sí no eran originales, sino una mezcla de fotocopias y faxes. Examinó el membrete de la parte superior de uno de ellos y lo miró sorprendida.

–¿El gobierno?

–Tuve que recurrir a un amigo para que me lo enviaran. No hay nada en esos papeles que pueda revelar secretos de estado, pero se trata de información confidencial, para mi seguridad. Podría haberme metido en su red de comunicaciones desde el ordenador, pero no quiero que me metan en la cárcel, de modo que me ha llevado cierto tiempo conseguirlo.

–¿Qué hacías exactamente? –preguntó, no muy segura de querer saberlo.

Después de haberse sentido tan frustrada por no saber nada de él, ahora que tenía todos los detalles frente a ella no estaba segura de querer conocerlos. Si le hubieran pegado un tiro, si hubiera ocurrido algún peligro, podría tener otro tipo de pesadillas muy distinto.

–No es como en Hollywood –le aseguró con una sonrisa.

–Qué desilusión –dijo aliviada–. ¿Quieres decir que no eres un agente secreto?

–Hablas en términos cinematográficos. Nosotros llamábamos a este trabajo Operador de Campo. Y no, no es lo que hacía. Conseguía información y colocaba sistemas de vigilancia, en colaboración con unidades antiterroristas. No era la clase de empleo del que se habla con los amigos en la barra de un bar, después de salir del trabajo.

–Lo comprendo. Te acostumbraste a no hablar de ti, ni de lo que hacías.

–Era más que una costumbre, si me hubiera ido de la lengua, eso podría haber significado la muerte de algunas personas. Sigo sin hablar de ello, porque aún conozco gente que se dedica a eso. La información es el mayor poder que puede tener un gobierno, y el más peligroso.

Elizabeth golpeó la carpeta.

–Entonces, ¿por qué me enseñas esto?

–Porque confío en ti –dijo tranquilamente, sonriendo–. Y porque no pensé que me creyeses si te hubiera dicho: «No puedo hablar de mí mismo, porque son cosas del gobierno». Te habrías reído de mí. Es la clase de tonterías que oyes en los bares de solteros, lo que dicen los individuos que intentan impresionar a las estúpidas. Tú no eres ninguna estúpida.

Elizabeth pasó unas cuantas páginas, leyéndolas por encima.

–Tienes razón. Nunca te habría creído. Hay muy poca gente que se dedique a este tipo de trabajo.

Quinlan se encogió de hombros.

–Como te dije, estudié en Cal Tech, y era bastante bueno en lo que hacía.

–¿En lo que hacías? –preguntó con incredulidad–. Es lo que sigues haciendo. Con la diferencia de que ahora trabajas para ti, y no para el gobierno –una idea le cruzó la cabeza–. La gente con la que trabajas…

–Algunos –admitió Quinlan.

–¿Como el motorista?

–Como el motorista –respondió Quinlan, riendo–. ¿Crees que contrataría a alguien con ese aspecto si no lo conociera personalmente? Sí, era operador. Muy bueno, por cierto.

–¿Vienen a pedirte trabajo cuando se retiran?

–No, nada de eso. No regento un asilo para jubilados del gobierno. Sigo en contacto con mucha gente, y de vez en cuando pregunto a alguien si le interesa trabajar para mí. Casi todos son personas normales, y se trata sólo de cambiar de un trabajo a otro parecido.

Elizabeth cerró la carpeta y la apartó. Quinlan la miró preocupado.

–¿No vas a leerla?

–No, no necesito conocer todos los detalles de tu vida. Con una idea general es suficiente.

Quinlan respiró profundamente y se reclinó en el asiento.

–Bien. Eso es todo. He hecho todo lo que he podido. No puedo darte ninguna prueba de que nunca te trataré como Eric Landers. Yo sé que no lo haré, pero eres tú quien debe creerlo. Elizabeth, amor, ¿te quieres casar conmigo?

No podía evitarlo. Sabía que no era la forma habitual en que una mujer debía contestar a una proposición de matrimonio, pero la tozudez de Tom Quinlan era tal que no pudo evitar reírse. Probablemente, tendría que oír aquella pregunta día tras día hasta que le diera una respuesta positiva, o hasta que la volviera loca. Pero ya no se sentía presionada, como le ocurría antes. Ahora sabía que se podía fiar de él en cierta medida. Aquel informe había significado más para ella de lo que él imaginaba. No era sólo que hubiese llenado los huecos que desconocía, sino que significaba que confiaba en ella.

Intentó guardar las formas, y lo miró con serenidad. De alguna manera, lo que había pasado durante el apagón había hecho que disminuyera el poder que Eric Landers seguía teniendo sobre ella, a pesar del tiempo transcurrido. Durante las largas horas de aquella noche se había visto forzada a enfrentarse a lo ocurrido, a hablar sobre ello, y por primera vez se había dado cuenta de que aún era prisionera de Eric Landers. Por su culpa había tenido miedo de disfrutar de la vida. Y seguía teniéndolo, pero de repente le daba más miedo perder lo que tenía. Porque era posible perder a Quinlan, pensó, mirándolo con ternura. Podía perderlo si no apreciaba el valor de lo que le ofrecía. Había llegado el momento de arriesgarse o perderlo todo.

Empezaba a sentirse incómodo bajo su silenciosa mirada. Elizabeth respiró hondo.

–¿Matrimonio, eh? ¿No crees que será mejor que vivamos juntos una temporada, para ver si funciona?

–Matrimonio. Una promesa de amor y fidelidad hasta que la muerte nos separe.

Elizabeth lo miró confundida. Era tan duro como una roca cuando algo se le metía en la cabeza.

–Tu muerte puede estar más cerca de lo que piensas.

–No me importa, si eres tú la que me mata. Me parece que sé que método vas a utilizar.

Un gesto de deseo cruzó su rostro. Dudó un momento, hizo acopio de fuerzas y levantó la mano derecha.

–Te juro que seré un marido absolutamente dócil. Una mujer como tú necesita espacio.

Al oír aquello, Elizabeth se tragó de golpe el café que tenía en la boca. Tosió un poco y lo miró con incredulidad.

–Entonces, ¿por qué antes no me dejaste nada de espacio?

–Porque tenía mucho miedo de que te alejases de mí –explicó con una sonrisa levemente vulnerable–. También tú me dabas miedo. Estaba aterrorizado ante la posibilidad de que no quisieras estar conmigo.

Le tendió la mano. Elizabeth se cruzó de brazos y lo miró, rechazando el gesto.

–Si crees que vas a tener una esclava te vas a llevar una desilusión. No me gusta recoger lo que otros desordenan, no me gusta cocinar, y no pienso tolerar que dejes ropa sucia por todas partes.

–Soy bastante limpio, para ser un hombre.

–No es bastante. Ya he oído eso antes.

–De acuerdo –suspiró–. Lo incluiremos como una cláusula del contrato matrimonial. Mantendré mi ropa ordenada, lavaré los platos y no dejaré subida la tapa del retrete. También cuidaré de los niños y…

–¿Niños? –preguntó con delicadeza.

Quinlan subió las cejas, y ella le devolvió una sonrisa. Tratar con él siempre resultaba muy divertido.

–Muy bien –dijo Elizabeth lentamente–. Si quieres, tendremos hijos, pero no más de dos.

–Dos me parece bien. ¿Trato hecho?

Elizabeth calló un momento, como si se lo estuviera pensando, antes de decir:

–Trato hecho.

Se dieron un fuerte apretón de manos, con solemnidad.

Quinlan suspiró satisfecho. Se levantó y tomó en brazos a Elizabeth, por encima de la mesa. Una taza de café cayó al suelo. La sentó en su regazo y se besaron hasta que no pudieron más.

Cuando levantó la cabeza, una gran sonrisa le cruzaba la cara.

–Por cierto –dijo–, siempre sé como desactivar mis sistemas de seguridad.

Elizabeth puso la mano en su mandíbula y lo besó de nuevo.

–Ya lo sé –dijo.

Más de una hora después Quinlan alzó la cabeza de la almohada y la miró.

–Es imposible que lo supieras.

–Lo sospechaba.

Elizabeth se estiró, sintiéndose totalmente colmada. Todo su cuerpo sentía un calor placentero y persistente.

Quinlan se acerco a ella y la besó en la cabeza.

–Seis largos meses... –se quejó–. E hizo falta un maldito apagón para que hablaras conmigo.

–Casi me alegro de lo del apagón –murmuró–. Si no hubiera ocurrido, no me habría visto obligada a pasar tanto tiempo contigo.

–¿Quieres decir que nunca lo habríamos arreglado de no ser por el apagón?

–No te habría dado la oportunidad –respondió con sinceridad–. No estaba jugando, Tom. Me dabas muchísimo miedo, y también me daba miedo la posibilidad de volver a perder mi independencia. No habrías tenido ninguna oportunidad de convencerme, si no hubiera sido por el apagón.

–Entonces es que Dios provocó el corte de corriente –murmuró–. Pero lo habría conseguido, de una manera u otra.

–No sé cómo. Tendrías que haberme raptado –replicó con sarcasmo.

Quinlan no respondió. Elizabeth alzó la cabeza para mirarlo con cierta desconfianza. Tom intentó parecer inocente, pero desistió al ver que ella no lo creía.

–Es precisamente lo que estaba planeando para el fin de semana, si te hubieras negado a cenar conmigo el jueves por la noche –admitió con reticencia.

–¿Ves? Estaba convencida de que te habías quedado a esperarme.

–Un hombre tiene que hacer algo cuando la mujer a la que ama no le concede ni un minuto –dijo–. Estaba desesperado.

–Son las seis y media –comentó Elizabeth.

Un gesto de confusión cruzó el semblante de Quinlan. Luego miró el reloj y sonrió.

–Cierto –dijo con satisfacción.

La mujer a la que amaba le había concedido mucho más que un minuto. Con un pequeño movimiento de su cuerpo la tumbó entre las sábanas alborotadas y se colocó sobre ella.

–Te amo –dijo–. Y aún no he oído el «sí» que espero.

–He accedido. Hemos hecho un pacto.

–Ya lo sé, pero soy algo tradicional. Elizabeth Major, ¿quieres casarte conmigo?

Ella dudó por un momento. Ya no era la víctima de Eric Landers.

–Sí, Tom Quinlan. Quiero casarme contigo.

Él bajó la cabeza para besarla. Cuando la miró los dos jadeaban, y supo que aún tardarían bastante en levantarse. Volvió a mirar el reloj.

–Recuérdame que tengo que hacer un par de llamadas a las nueve –murmuró–. Tengo que cancelar los planes para raptarte.

Elizabeth rió, y siguió riendo hasta que las caricias de Tom hicieron que la risa se convirtiera en un dulce grito de placer, mientras él concentraba su obstinación en la consecución del éxtasis que sólo sentían estando juntos. Había tenido miedo de aquella faceta de su carácter. Pero ahora sabía que era precisamente aquello lo que hacía que quisiera pasar el resto de su vida con él. Mientras se abrazaba a sus hombros, un eco flotó en su cabeza: «Dios bendiga las sobrecargas eléctricas».

TÍTULOS DE LA COLECCIÓN
LINDA HOWARD

Un lugar en el corazón
Lazos del destino
Entre la lealtad y el amor
Sarah y los suyos
Amando a una mujer
Poder de seducción
Una vida propia
Amanecer contigo
En mundos distintos
Diez días contigo
Corazón roto
Mentiras piadosas
Lecciones privadas
La misión más dulce
Placeres furtivos
Placeres culpables

Colección
Linda Howard
nº 2